Hijas de la noche en llamas

Autores Españoles e Iberoamericanos

Irene Gracia

Hijas de la noche en llamas

PLANETA

Esta novela, bajo el título de Memorias de Lilith, *recibió en 1995, del Ministerio de Cultura, una beca para la creación literaria.*

Córcega, 273-279, 08008 Barcelona (España)

Realización de la sobrecubierta: Departamento de Diseño de Editorial Planeta

Ilustración de la sobrecubierta: foto © Jock Sturges/Scalo Verlag

Primera edición: marzo de 1999

Depósito Legal: B. 6.479-1999

ISBN 84-08-02949-5

Composición: Tecfa, S. A.

Impresión y encuadernación: Printer Industria Gráfica, S. A.

Printed in Spain - Impreso en España

A Jesús, que me inició
en los misterios de la escritura

MEMORIA DE SARA

1

SÚCUBO

En una prematura y triste noche de mi vida, en la que todo ardía a mi alrededor lenta e irreversiblemente, encontré en mí la memoria, toda la memoria, de las hijas de la noche en llamas.

Miradas que brillaban como si a ellas llegase un fuego que sólo ellas veían y que sólo podía reflejarse en sus pupilas. Mentes que albergaban un secreto difícil de digerir.

Yo recibí ese fuego en un momento en que me creía abandonada por todos los fuegos, también por el fuego de la vida, y aún ahora mismo lo sigo recibiendo.

Es el mejor narcótico que he conocido, pues está elaborado con la materia de la vida, y por lo mismo es el mejor estimulante.

Mientras intento no descomponerme más, no pensar más en lo inminente, recuerdo a un hombre ardiendo en un hangar, un hombre ardiendo en medio de la noche.

Igual, querida Eva, todos somos ese cuerpo ardiendo en medio de la noche, desde el instante mismo en que nacemos. Ardiendo de deseo y ardiendo contra el deseo...

Pero empiezo por donde debo empezar:

Una tarde de finales de agosto de hace bastante tiempo, Abram, el Abram que tú conociste y que yo conocí, se levantó y preparó el coche, el viejo coche que sólo utilizaba en verano. Después se tomó un whisky, o dos, o tres, y llamó a la puerta de mi dormitorio. Como habíamos convenido, nos iríamos en coche hasta la colina del pinar y luego tomaríamos algo en la terraza de la gasolinera.

Me vestí de prisa y corrí hasta el automóvil del Abram que tú conociste y que yo conocí. Durante más de un cuarto de hora avanzamos por la carretera de las acacias en silencio. Mientras se iba encapotando el cielo, torcimos hacia la colina por una carretera vecinal mientras Abram, el que tú conociste y yo conocí, me dijo con una voz grumosa, desconocida y sincopada:

—De todas formas, Sara..., de todas formas yo..., de todas formas yo no puedo, pese a todo, ocultarte adónde nos conduce este camino...

—¿Qué quieres decir?

—¡Nada! —gritó, apretando el acelerador—. ¡Cuando una mujer no quiere entender empieza la desesperación!...

Abram deslizó el coche hacia el pinar y frenó bruscamente, ya casi en la cima de la colina negra. Allí me empezó a besar con una furia difícil de describir. Me besaba en las mejillas y en la frente. Te juro que su rostro no parecía el de un padre. Su mirada resultaba tierna y su voz persuasiva. O quizá no, su mirada resultaba empalagosa y babosas sus palabras. O quizá no...

Se separó de mí, me miró, y por alguna razón pensó que estaba triunfando sobre mí y que me estaba conduciendo al lugar más inesquivable de su ansiedad. Yo creo que pensó que me tenía hipnotizada, y lo más grave es que no le faltaba razón. Puede que el bien hipnotice tarde o temprano, pero el mal hipnotiza inmediatamente.

Me sacó del coche y me arrastró hacia el fondo del pinar. Cuando vi de nuevo su rostro, Abram parecía otro. Y como era otro, se arrojó sobre mí y me hizo rodar por tierra mientras gritaba:

—¡Necia! ¿Crees que soy tu padre? ¿Crees que he seguido contigo el camino de un padre? Quiero que me sientas más cerca que nadie. ¡Dios, creo que me lo merezco! Eres igual que tu madre, eres igual... ¿Sabías que estuve aquí con ella una vez?

Entonces empezó a llover. Al principio fueron sólo grandes gotas aisladas, pero inmediatamente llegó el chaparrón y tuvimos que correr hasta el coche.

Dentro del automóvil, Abram volvió en sí y me

miró con pánico. Mientras regresábamos a Aranjuez me pidió varias veces perdón.

—Tienes que comprenderlo, Sara. Eres igual que tu madre... A ninguna mujer he querido tanto como a Isabel...

—¿Por eso la volviste loca? —le dije, y recordé la última vez que había visto a mi madre en el hospital psiquiátrico. Yo era todavía una niña de cuatro años...

Pero vuelvo a aquella tarde en Aranjuez. Estaba pensativa cuando Abram dijo:

—Yo no volví loca a tu madre. Traía en ella el germen de la locura...

—Mientes... Mi madre nunca estuvo loca, en cambio tú...

—No me digas eso, Sara... Sí, quizá he estado loco... Pero no olvides que estas cosas son siempre transitorias... Te juro que no volverá a ocurrir... Ha sido una reverberación del pasado... Tienes que entenderlo... De pronto vi en tu rostro el rostro de Isabel...

—¿El rostro de una loca de miedo?

—¡No! —gritó—. ¡No! El rostro de una mujer que me dice: Tómame, Dios, tómame...

—No quiero oírte... Llévame a casa... —le dije, temblando.

Ya nos hallábamos a la entrada de Aranjuez cuando vi un joven soldado apoyado en el tronco de un árbol, junto al hotel La Rana Verde. Me fascinó aquel rostro, aquellos ojos negros y tristes. Sentí deseos de gritarle: «Soldado, ayúdame, llévame a cualquier sitio, llévame contigo...»

Eva, acabo de confesarte lo que me sucedió una tarde con Abram mientras vosotras os bañabais en el río y vuestra madre se hallaba de viaje. Como sabrás, vuestra madre nunca me aceptó como hija, si bien yo tampoco la acepté nunca como madre... Porque seguramente os habrán ocultado que, cuando mi madre murió, papá me dejó con mi abuela materna, en cuya casa viví hasta su muerte...

Mas volvamos a la tarde aquella... Cuando, tras el paseo en coche, llegamos a casa me retiré a mi cuarto. No podía dormir y Lucía, la doméstica, me dio un somnífero. Nunca había tomado esa clase de pastillas y, más que dormirme, me desmayé.

Soñé que me aplastaba toda una manada de gatos, asfixiándome, y cuando desperté noté algo raro en mi cuerpo, como si me hubieran arañado mientras dormía; también noté algo raro en mi sexo. Mi herida parecía supurar y eso me extrañó, pero no dije nada. En realidad estaba aterrada, pensando que igual yo misma me había autoagredido mientras dormía o mientras reproducía dentro del sueño la escena del pinar.

Al día siguiente me fui a Madrid para continuar mis estudios de Letras, al piso que me había dejado como herencia mi abuela materna. Dos meses después, cuando ya había iniciado mi segundo año universitario, supe que estaba embarazada, y mi angustia se multiplicó. Ya era un hecho inconcebible para mí que el diablo hubiese tomado posesión de mi cuerpo tras tentar a la doméstica para que me narcotizase, ya era un hecho inconcebible que el súcubo quedase envuelto en el más profundo misterio, pero es que además me había dejado embarazada.

2

ORFEO Y EURÍDICE

Imagina mi pánico y mi desesperación. Había sido violada mientras dormía y el fruto de esas no-vivencias nadaba junto a los peces abisales de los deseos no-cumplidos dentro de mi vientre. Traté de imaginar cómo sería mi hijo... A ratos imaginaba un ser radiante, de una obscenidad ilimitada. Un ser salvaje y perverso lleno de odio hacia todos y hacia todo. Otras veces lo imaginaba como un ser monstruoso y reptílico. Otras, en fin, veía a dos niñas gemelas de ojos blancos y grandes...

Una puede ser a veces así de ingenua consigo misma, incluso en tiempos de incredulidad. Una lo puede ser, te lo juro... Aunque no demasiado tiempo... Dos días después de conocer mi embarazo pensé en nuestro padre, y le llamé. En cuanto supo que estaba encinta, vino a mí aterrado, y lloró como un chiquillo asustado. ¿A que parece una estampa bíblica? Un padre llorando ante su hija...

Me juró que no os había tocado jamás, que jamás

volvería a tocarme, juró que estaba enfermo, que necesitaba ayudarme para curarse..., y le creí. También me dijo que mientras me poseía había estado varias veces a punto de despertarme y que había utilizado una sustancia parecida al cloroformo. Todo eso me lo dijo entre sollozos, jurándome que cambiaría radicalmente y para siempre.

Creí que mi ausencia y la de mi madre le había hecho perder el juicio, como me aseguraba. Creí que yo era su ángel redentor, como me llamaba, y, necia de mí, dejé que me ayudara, quizá porque en todos los años que pasé con mi abuela en Madrid había rezado para que hiciera algo por mí.

Así que cometí el peor error que una puede cometer y me puse en las manos de mi peor enemigo, de mi único enemigo. Y siguiendo sus indicaciones acudí sola a la cita que me había preparado en la clínica de un doctor de su confianza, en lo que debía ser una revisión de rutina.

Cuando el dolor se me clavó en las entrañas, perforando otra gruta mucho más secreta y más profunda, brotó un furioso río de sangre que acabó disolviéndose en un nuevo mar rojo. Sentí que me vaciaba, me vaciaba... y perdía esa minúscula vida formada por infinidad de pececillos invisibles, que subían y bajaban a velocidades de escalofrío, nadando bajo mi epidermis. La fricción de sus escamas me erizaba los pelos de toda la piel cuando me estremecía, y la condensación de burbujas de sus respiraciones me ahogaba. Y todo mi cuerpo se retorció con un grito convulso, como si me mataran por dentro, como si, dentro de mí, acabasen de morir la niña que fui y la mujer que iba a ser.

Cerré los ojos y mi visión pareció la de una ahogada. Y creí ver dos fetos, pero con colas de pez en vez de piernas, flotando a la deriva.

Entonces lo comprendí todo. Y cuando aquel extraño que hurgaba en mis vísceras arrancó los coágulos y los arrojó a la basura, sentí que ya nunca podría ser la misma, y me vi sola, más sola que nunca, profundamente sola. Y supe por qué el sexo de la mujer es una herida abierta que nunca se cierra, y supe también por qué mi dolor no cicatrizaría jamás.

Escapé de allí llorando de odio, pero juré por mi vida que me vengaría de Abram. Y no por mí: me aterraba dejaros en su casa.

Supongo que fue entonces cuando empezó a conjugarse todo en una misma bola de fuego, en un mismo nudo de sentido y sinsentido. Efectivamente, había sido violada por el diablo, había sentido su aliento de nicotina, azufre y alquitrán. Ocurría sin embargo que era un diablo doméstico, reinando en un infierno doméstico y familiar, sumamente familiar.

Aparentemente, el misterio se resolvía, pero sólo para, inmediatamente, multiplicarse hasta la atrocidad. ¿Había alguna forma para mí de no verme obligada a danzar, a partir de ese instante, al borde del abismo? ¿Había alguna forma de evadir la ansiedad? ¿Había alguna forma, por más oscura o mágica o tenebrosa que resultara, de pactar con el mundo?

Y lo de menos era ya la decepción del deseo. El hijo radiante y satánico que gestó mi idiotez desbocada, o el hijo reptílico... Ni demonios sobrenaturales ni hijos paranormales. Un diablo hogareño cuyas semillas me deseaban tanto que hasta engendraba gemelas.

Creo que fue el miedo a perder la razón, el miedo a heredar la enfermedad de mi madre, lo que fue creando en mi mente las dos niñas fantasmales que, hasta hace bien poco, aparecían y desaparecían en mis pesadillas, torturándome con sus llantos y sus risas. Al fin y al cabo, esas dos niñas me acompañaban. Dos seres angélicos y crueles que me susurraban al oído un poco de coraje ante todo lo que se avecinaba, o mejor: ante todo lo que se tenía que avecinar por decisión de mi voluntad.

Así que empecé a vigilar a nuestro padre casi todas las mañanas, como un gato que hubiese decidido un meditado e interminable juego con el ratón. Lo veía entrar en el edificio de la compañía de seguros y me quedaba tranquila mientras me decía a mí misma: ahí sigue el hombre de tu vida. Ya no tienes matriz pero le tienes a él. Siempre lo tendrás en el centro de tu corazón... Él también te quiere, desbocadamente, por eso te pide que comas con él todos los jueves, o que cenes... No quiere perderte de vista... Claro, piensa que te puedes volver loca. Y los locos hablan, gritan... Él no quiere perderte de vista y tú tampoco... Es un tipo tan agradable, con su traje de franela gris y su perfume... Y tiene ese aire ligeramente melancólico, ligeramente maldito, que le favorece mucho, como seguramente le dice a menudo una de sus secretarias, que le espera todos los días en la cafetería Nebraska con una sonrisa en la boca y un poco de pis en las bragas.

Una vez lo tenía localizado, cogía mi coche recién estrenado y me iba hasta la universidad, donde pasaba la mañana. Y los jueves comía con él en un restaurante de la calle Rosales, lujosamente vomitivo.

Mientras comíamos, su mente cavilaba. Creo que a ratos me consideraba una perversa. Había probado la manzana, incluso dormida la había probado, y eso creaba carácter. Otras veces le debía de parecer una mística, una alienada, y me miraba con inquietud y con culpa.

La situación era cada vez más complicada cuando una mañana le dije que no quería volver a verlo nunca más en mi vida. Entre patéticos arabescos verbales, casi llegó a asegurarme que eso no podía ser de ningún modo, y que sería yo misma, humillada y vencida, la que le exigiría que nos volviésemos a ver.

Su desaparición fue como el desgarrón de una extraña brida y, presa de un mareante frenesí, empecé a vivir y a morir a un tiempo. Comencé a salir sola por la noche, sintiendo una mezcla de placer y de asco. Ahora, los hombres me parecían bestias hediondas; lo que no impedía que mis malditas vísceras los siguieran codiciando como objetos de deseo... De pronto, yo quería humillarlos a través de mi deseo... ¿O quería otra cosa?

Hasta entonces me había dejado vivir y morir, viendo pasar el mundo tras el cristal de una ventana. Pero si me había atrevido a morir, también podía atreverme a matar.

Una noche me desnudé frente al espejo y me estuve observando con detenimiento. ¿Seguía siendo yo o era otra? Con nerviosismo rebusqué en el armario y encontré un vestido escarlata de mi madre, anticuado y excitante. Me lo probé y el espejo me devolvió la imagen de la que pude haber sido, de la que sería a partir de aquel momento. Y salí de la casa dando un portazo.

Estuve vagando durante horas por la ciudad, y todo me parecía nuevo, como si estuviera en una ciudad extranjera. Me acordé de que llevaba en el bolso una entrada que había comprado, un día antes, para la representación de *Orfeo y Eurídice*, y me encaminé hacia la plaza de Oriente.

Ebria de mí misma, recorrí las calles hasta llegar al teatro Real. Sentada en mi butaca, se me erizó la piel cuando, en el primer acto, la desgarradora voz de Orfeo llamaba a Eurídice... ¡Eurídice!, y un estremecimiento me recorrió la espina dorsal, como si fuera un teclado que un dios arrebatado hubiera recorrido de arriba abajo y de abajo arriba, componiendo frenéticas escalas. Si Dios existiera, se parecería a la música, dije para mis adentros, y seguí escuchando con profunda entrega, comulgando con cada nota y dejando que aquel dios acariciara mi matriz muerta, penetrando en cada herida. Cada vez que inspiraba, absorbía todas las notas con el aire; cada vez que espiraba, salía la música de mi aliento como si yo fuera un instrumento.

Cuando sonó la última nota del tercer acto con el triunfo del amor, y el telón bajó, y el público enfebrecido se levantó para aplaudir, yo tenía el rostro bañado en lágrimas, temblaba y la emoción me impedía cualquier gesto.

Durante todo el concierto me había sentido muy cerca de todos los que me rodeaban. El público y yo formábamos un solo ser, con un solo oído, un solo sentimiento.

Había respirado el aliento de todos los espectadores y nunca mis pulmones se habían llenado de un aire tan vivo y al mismo tiempo tan purificador. Me sentía llena de música. Y ahora, toda esa descarga de aplausos colándose como afluentes de energía por mis oídos me desbordaba por dentro y tuve que cerrar los ojos para bebérmela, para asimilarla y que no me ahogara.

Las piernas me temblaban cuando bajé la escalera, pero a la salida no encontré ningún demonio generoso, tampoco lo esperaba, y de encontrarlo, esta vez sería yo quien me ofrecería al diablo para que me pidiera un deseo, cualquiera. Estaba dispuesta a ser la más generosa, la más...

3

MEMORIAS DE UNA GATA FURIOSA

Ya en la calle, en medio del tumulto de gente que iba y venía bajo la lluvia, y los paraguas que se abrían, y los corros de personas que se formaban bajo los paraguas, y el caos de los taxis frenando ante la parada, y el rugido de los motores poniéndose en marcha, vi, o creí ver, en la acera de enfrente, semioculto entre la sombra, a un jovencísimo soldado que parecía el mismo que yo había visto en Aranjuez, pero con un uniforme un tanto desfasado, parecido a los que llevaban los jovencísimos soldados que murieron en Verdún, víctimas del gas mostaza. Estaba apoyado en uno de los árboles y se había parado para fumar un cigarrillo.

Fue una visión muy fugaz, en el veloz espacio de tiempo que duró el fogonazo de los faros del coche que rasgaron un instante las sombras, iluminándolas y desvelando su intimidad.

Corrí hacia donde él estaba, pero cuando logré sortear, entre codazos y empujones, todos los obstáculos de aquel caos circulatorio había desaparecido bajo la lluvia.

Seguí buscándolo por todas partes y en todas las direcciones, hasta que me di cuenta de que la lluvia me había empapado. Un parpadeante letrero de neón de color azul llamó mi atención, y caminé hacia la luz.

El letrero me fue guiando hacia un bar que se hallaba en una especie de sótano. Nunca había estado sola en un lugar como aquél, así que me senté en un taburete junto a la barra, desde donde podía observar la gente que hablaba, bebía y bailaba.

Me sentía pletórica. Pedí una copa de champán y brindé a solas conmigo misma.

Todavía no estaba acostumbrada al sabor del alcohol, así que me lo bebí de un solo trago, como quien se toma una pócima mágica.

Salí a la pista y bailé, bailé como aquella tarde en la ribera de nuestro río. El agua había calado mi vestido, que se pegaba a mi cuerpo como una segunda piel, pero no me importaron las miradas de los otros y seguí balanceándome, dejándome acariciar por la música.

Cuando, extenuada, volví a la barra para pedir una segunda copa, mis ojos se detuvieron en un hombre que parecía el más solo del mundo. Bebía mecánicamente, sin apartar la mirada de su copa, como si se hallase convaleciente de una larga enfermedad del alma y estuviese tomando su medicina.

Iba elegantemente vestido, pero daba la impresión de que llevara algún tiempo sin pasar por casa, pues a su chaqueta le faltaba un botón y su barba tenía ya más de tres días.

Me senté a su mesa, pero él no pareció advertir mi compañía hasta que choqué con mi copa su vaso, obligándole a brindar.

—Por tu soledad.

—Por la tuya —dijo con escepticismo y, al girar la cabeza, me preguntó—: ¿Con quién he tenido el placer de brindar?

—Con nadie —contesté yo, que por falta de hábito ya empezaba a sentir los efluvios del alcohol girando en mi cabeza.

Él siguió mirándome con asombro y volvió a sonreír. Parecía que iba a decir algo cuando le interrumpí:

—Por eso puedo ser la que tú quieras..., la que desees...

—¿Bromeas?

—No, no —le dije—, puedo ser todas las mujeres... También la que te olvidó, porque seguro que te olvidó alguna mujer, ¿o no?

—Esa mujer no puedes ser de ningún modo.

—¿Por qué?

—Sería peligroso.

—¿Para ti o para mí?

—Para los dos.

—Un poco de peligro no les hace ningún mal ni siquiera a los cobardes —le dije—. Pero también puedo ser la mujer que todavía no has conocido.

—Eso ya me gusta más.

No sé por qué le hablaba de esa forma, no sé por qué le cogí la mano con todas mis fuerzas, pero sentí que un súbito escalofrío llegaba hasta las yemas de sus dedos. Y aquel hombre, el hombre más solo del mundo, se sintió acompañado por primera vez en mucho tiempo. Y no era por la proximidad del tacto de una mujer ni por mí. Muchas mujeres, demasiadas, en muchas noches como ésa se habían sentado a su lado, habían restregado su piel contra la suya. Era otra cosa y él lo comprendió cuando le dije:

—Llévame contigo...

Tembló al oírme hablar, porque sabía que no mentía y le estaba diciendo mi verdad. La verdad de algo que a él se le escapaba, y era un temblor desconocido que atravesaba la frontera del deseo y se adentraba en otras ansias, en otros anhelos más secretos.

Cuando salimos del local, el neón azul se reflejó en su rostro. Él me miró con ojos sedientos y me preguntó si no sería yo un producto de su borrachera, una de esas alucinaciones que hacen perder la razón a los hombres. No supe contestarle.

Entramos en el hotel más próximo. Quise ayudarle a desnudarse y, según le iba desabrochando la camisa y le iba bajando los pantalones, le fui rociando de besos en cada parte de su cuerpo, en cada poro de su piel como si fuese un rito sagrado, mientras iba repitiendo:

—Te voy a dar... esta noche... todo lo que hasta ahora no he podido dar a nadie..., todo lo que ninguna otra mujer, antes que yo, supo darte..., todo lo que tú no te atreviste a dar a nadie..., pero sólo por esta noche...

¿A que te resulta difícil creer que yo le dijera eso a un desconocido? A mí también, querida Eva, a mí también... Y de hecho no se lo dije. Yo quería decirle eso, lo juro, pero por primera vez en mi vida me sentí verdaderamente partida y tardé en darme cuenta de que en realidad mi boca le estaba diciendo:

—Quiero darte esta noche toda la rabia que llevo dentro... Quiero que arda tu cerebro y que desees arrojarte por la ventana... Todo lo que ninguna mujer antes que yo supo darte, te lo voy a dar yo: un vómito de locura, con todo mi corazón te lo daré, con todo mi deseo... Si ahora te mirases al espejo sentirías la misma repulsión que yo...

Él empezó a temblar.

—Lárgate ahora mismo. Eres Satanás. Lo sabía, lo sabía... —gritó, mirándome con ojos de loco.

Yo sollocé, derramando en él toda la energía, todo el miedo y todo el odio que había acumulado... Y todo el asco y el asco por sentir ese asco también.

Lo dejé enloquecido, tembloroso y extenuado.

Y escapé de allí sin dejar rastro, sabiendo que cuando despertase y las sábanas le devolvieran el aroma de la mujer que había estado en sus brazos y le había dicho palabras dementes empezaría a hacerse preguntas y más preguntas, empezaría a delirar, quizá, como yo estaba delirando.

4

ORACIÓN

Después vino la fiebre unida a la sospecha de que ya nunca iba a poder acercarme de verdad a un hombre, la fiebre y la tos y la respiración entrecortada y la falta de aire y la otra fiebre, la inconfesable.

Y con las dos fiebres llegó el sudor, el sudor de la culpa no culpable. Me faltaba el aire, y creí que me moría, pero ni quería acudir a un psiquiatra ni avisar a la policía. Tenía la impresión de que mi vida se había convertido, irremediablemente, en un combate singular contra mi padre, y mientras sudaba en la cama fui formulando mi maldición, y mi maldición decía así:

Te mataré este mismo verano,
una noche de luna negra, te cubriré el cuerpo
con estiércol y amoníaco.
Te mataré este mismo verano,
y será de cal mi mirada
y de cal serán mis palabras.

Te mataré este mismo verano,
y nacerá una flor en tu frente.
Bestia contra bestia, tu simiente
engendró esta vez en mi vientre
un hijo monstruoso
que sólo sabe decir «muerte»,
que sólo sabe decir «mátale»,
que sólo sabe decir «muerte»,
que sólo sabe decir «mátale»...

5

POSESIÓN

Sentí que aquellos versos me purificaban como si fuesen oraciones, como si fuesen mantras. Una purificación necesaria para llevar a cabo el sacrificio para el que me sabía abocada. Necesitaba que mi crimen fuese un acto puro, limpio, claro, sin que ningún tipo de resentimiento lo enturbiara, por eso ahora lo maldecía y lo insultaba entre dientes. Escupía sus emanaciones, escupía su nombre, su sangre y su sudor.

Y esa convalecencia la viví como el trance necesario de una serpiente que estuviera mudando la piel, segura de que tras la metamorfosis iba a nacer otra mujer. Y mientras esperaba, llena de anhelo, la fiebre me subía, excitada y atormentada por el presentimiento de las nuevas sensaciones que me esperaban. Mis pensamientos giraban como si dentro de la olla de mi cabeza danzase una culebra anfetaminada y loca que estuviese mordiéndose la cola.

Aún no estaba curada del todo cuando, una noche, empezaron a golpear brutalmente mi puerta.

Abrí y vi al Abram que tú conociste y que yo conocí. Llegó con las pupilas dilatadas y se arrojó sobre mí. Yo empecé a estremecerme. Lo quisiera reconocer o no, empecé a estremecerme, y él lo notó. Me separé de él como pude. Abram me miró fijamente y empezó a decir:

—Es inútil que lo ocultes. Tiemblas como Isabel... Tienes su misma fiebre, la tienes...

—¡Vete de mi casa! —grité.

—Ni lo sueñes... Todos tienen que tener algún pecado, Sara, algún horrible pecado para poder ser ellos mismos. Si no lo tuvieran, ni siquiera tendrían conciencia, Sara, ¿me escuchas? Quiero que me entiendas, necesito que me entiendas...

—Me das asco.

—Mientes... Estás inoculada... Es una desgracia, pero lo estás. Sé que lo estás...

Empecé a llorar. Abram me estrechó y rodó conmigo en la cama. Perdí la conciencia. Sentí el mismo sopor que la noche aquella de finales de agosto. Cuando volví en mí me estaba besando en los pechos. Empecé a gritar y me dio un golpe en la boca. Volví a desvanecerme mientras le oía decir:

—Te quiero más que a mí mismo. A ti, sólo a ti... Nunca pienses que siento lo mismo por tus hermanas, no lo pienses. Te lo juro, Sara, te lo juro... Ellas son de otra raza, pero tú eres de la raza de Isabel, y no quiero que te vuelvas loca, Sara, amor mío, yo sólo quiero que aceptes lo que pasa, sólo quiero que sepas por qué tiemblas. Tienes que temblar forzosamente, Sara. Yo también tiemblo, porque eres más de lo que yo podía esperar, amor mío, porque eres mucho más y voy a cuidar de ti como nadie ha cuidado jamás...

6

NUEVA INVOCACIÓN

Cuando volví en mí y salí a la calle creí que me estaba perdiendo para siempre. Ahora todo era distorsión y vértigo, como si estuviera perdiendo las claves del mundo, y con ellas la razón.

Temblando dentro de mi coche, anduve sin rumbo fijo por cualquier parte donde hubiera gente. Y mientras recorría las venas y las arterias de la ciudad, mis ojos, acechantes, buscaban un rostro entre todos los rostros.

Uno de aquellos días volví a ver al joven soldado, apoyado en una farola... Se hallaba en la misma actitud que la otra vez y parecía tranquilo mientras fumaba un cigarrillo. Al pasar junto a él pude contemplar durante un instante su rostro luminoso, que no cesaba de sonreír, como si estuviera pensando en alguien o algo agradable, ajeno a todo y a todos.

Aparqué el coche, pero cuando giré la cara ya no estaba. Esa misma noche volví a perderme en la ciudad y en el laberinto de caras, de nombres y de voces.

Mi instinto me condujo hasta la puerta de un café-teatro que estaba situado en la esquina de la calle donde se había esfumado el soldado. Dentro, una mujer se iba desnudando mientras cantaba con voz de ron:

Ah el amor, el amor que no mata
no es verdadero.
Bésame, cariño, y hazme olvidar
que eres un asesino...

Me senté a una mesa y la estuve escuchando, hasta que llamó mi atención un hombre que estaba sentado a la mesa de al lado y que intentaba encender su cigarro con unas cerillas que debían de estar pasadas. Me acerqué a él y saqué el mechero que suelo llevar en el bolso, porque aunque no fumo me gusta encender los cigarrillos de los demás. Lo encendí y vi sus ojos iluminados por la luz azulada. Me parecieron dos pozos negros, huecos, sin fondo. Parecía el hombre más insatisfecho que había conocido.

No le pregunté su nombre, nunca lo hacía, y me negué a contestarle cuando quiso saber cuál era el mío. Pero algunas horas más tarde, como si ya formara parte de un rito personal, le repetí aquellas palabras que en otra ocasión ya había dicho.

—Te daré esta noche... todo lo que ninguna otra mujer antes que yo supo darte, y todo lo que tampoco tú te atreviste a dar a nadie..., pero sólo esta noche...

Una vez más, no creas que le dije eso, querida y paciente hermana, le dije palabras hirientes como cuchilladas, y lo dejé sudando y temblando. Y cuando llegué a mi casa me oculté entre las sábanas y me entregué a las lágrimas. Tenía que parar, y a la vez tenía que obedecer al diablo que llevaba dentro, el que sólo sabía decir «muerte», el que sólo sabía decir «mátale».

7

LA TRANSMISIÓN DEL TERROR

Me cuesta seguir, así que permíteme que no me exceda en detalles de lo que ocurrió las otras noches que sucedieron a aquella noche, y que paulatinamente fueron perdiendo magia y ganando atrocidad.

Imagínate, querida hermana, a una mujer vagando bajo la lluvia, persiguiendo espejismos con forma de viejos matarifes y jóvenes soldados. Cuando está atravesando el viaducto, un hombre se le acerca y con timidez se presta a ofrecerle su paraguas. Ella le dice:

—¿Conoce usted este puente? Es el de los suicidas. Ande, arrójese y me hará un gran favor. Le juro que le llevaré cardos al cementerio, cardos con ortigas y una rosa. Se lo juro...

El hombre la mira perplejo. Ella le sonríe, y alguien que nunca soñó con encontrarse en el viaducto con una mujer de lengua viva, mira ligeramente hacia el abismo y se va corriendo como un niño asustado. Y ella lo da todo en esas palabras: toda su generosidad, todo su amor, todo su deseo...

Ahora sigue imaginando a esa misma mujer caminando de noche; sus pasos resuenan en un callejón apenas iluminado por las farolas. De tan disparada que va, de tan perdida, termina sintiéndose segura, como si no supiese que está pisando un terreno minado, o quizá porque lo sabe. De pronto es como si un escudo invisible la protegiera.

Ella no sabe lo que quiere, pero está segura de lo que está haciendo y sigue andando con esa bendita inconsciencia que la lleva a ignorar cualquier peligro.

Era una mujer nueva, era otra mujer más generosa y más abierta y más odiosa, y ahora sé que esa nueva inocencia era un talismán que me hacía invulnerable. Igual por eso hasta los más indeseables se apartaban de mi camino y no se atrevían a tocarme.

Caminaba entre los yonquis y las prostitutas sin marcar las distancias, derrochando sonrisas entre todas las ratas que salían de su escondite, camufladas en la oscuridad de la noche, y me perdía entre todos esos miserables que iban engalanados como las estrellas de cine.

Cuando el día se apagaba se encendía otra ciudad, y aparecía un mundo subterráneo de laberínticos pasadizos, de miradas y de insultos. Un infierno oculto bajo otro infierno.

Caía el telón, la ciudad aparecía cubierta de charol, brillante como la piel de un escarabajo. Y era un hervidero clandestino donde se quemaban las mentiras pagadas y los besos robados.

Pero yo parecía estar inmunizada contra el mal, toda esa suciedad ya no parecía mancharme y me paseaba como una sonámbula por los sueños de los otros, como ese actor que no parece darse cuenta de que se ha colado en otra obra.

Y entraba en las salas de fiesta y en los cabarets y en todos esos antros a los que suelen acudir los pordioseros del amor. Y una vez dentro, mis ojos, febriles, elegían un hombre con dulzura, y ya sin frenesí.

Aquel que me pareciera el hombre más triste de entre todos los hombres, o el más pobre o el de peor suerte, o el que perdía siempre, o aquel que todos hemos conocido alguna vez y que es el que recibe siempre las bofetadas, podía ser el candidato perfecto para pasar una noche inolvidable, llena de insultos y amenazas. Y aquel que me parecía el más alegre, o el más afortunado, también era tratado por el mismo rasero. A todos igual, como en el cielo.

Ahora, desde el futuro, desde la distancia, desde la nada, sé lo que les estaba dando a aquellos hombres. Y sé también que al día siguiente ellos, los elegidos, buscarían a la mujer, me buscarían, y seguirían buscándome al otro día y al otro y al otro, preguntándose si todo había sido un sueño o una creación de su mente. Pero al hacer un alto en su búsqueda también se darían cuenta de otra cosa: una noche conocieron la generosidad, una noche soñaron, casi sin darse cuenta, el sueño del odio generoso, el sueño de la ansiedad.

Esa forma de actuar me redimía y me hacía sentirme cada vez más merecedora de que alguien me diese alguna vez tanto como lo que yo daba a los otros. Porque yo daba mucho: lo daba todo en cada mirada y en cada palabra, sintiendo a veces en cada movimiento el destello de un estremecimiento exquisito.

Y así fueron sucediéndose mis noches durante más de un mes. Y sin embargo debo confesarte que ninguna de esas noches que ya formaban parte de mi ritual del sacrificio las viví con la misma intensidad que la noche en que el Abram que tú conociste y que yo conocí volvió a mi casa. Intentó hacer lo mismo que otras veces. Recuerdo que antes de empezar a besarme se sirvió una copa, la apuró de un solo trago, me miró compungidamente y dijo:

—Lo que me decías la otra noche me ha envenenado...

—¿Qué te decía?

—¿No lo recuerdas? Estabas delirando... Me daba miedo tu voz... Decías que eras mi... No, eso no, Sara, eso no... El otro día escuché en la oficina una historia horrible, horrible... Un padre conducía a la prostitución a su hija y...

—¿Sí?

—Y la iba a ver los jueves por la tarde, como cualquier otro cliente y...

Lo miré llena de pánico. Pero esta vez reaccioné mejor y, atrayéndolo violentamente hacia mí, empecé a decirle:

—Quiero darte esta noche toda la rabia que llevo dentro... Quiero que arda tu cerebro y que desees arrojarte por la ventana de este apartamento...

Noté que empezaba a quedarse frío y que sus ojos se nublaban.

—¿Qué dices?

—A veces las mujeres podemos comunicar un terror absoluto, a veces... Quiero que desees arrojarte por la ventana, lo quiero con toda la fuerza de mi voluntad...

—No intentes trastornarme... No lo conseguirás... —dijo, apartándose de mí y alisando sus pantalones.

—No huyas. Todo lo que ninguna mujer supo darte te lo voy a dar yo: un vómito de locura que contaminará para siempre tu cerebro, con todo mi corazón te vomitaré ese vómito, con todo mi deseo y todo mi entendimiento y toda mi voluntad...

Ya se había puesto la chaqueta y estaba a punto de salir cuando me dijo:

—Me voy. No me gusta el cariz que están tomando las cosas, Sara... No era eso lo que me decía tu cuerpo la otra noche, ni lo que me decía hace tan sólo unos minutos... Pero te advierto que como no mantengas cerrada la boca puedes acabar como tu madre, o mucho peor...

Se fue de casa y, cosa curiosa, dejó de molestarme. Sobre la consola había dejado un sobre con más de trescientas mil pesetas.

Con absoluta determinación, quemé el dinero sobre una bandeja de cobre en la que solía quemar incienso y volví a repetir para mis adentros mi oración.

8

LAS VÍRGENES DE ARGOS

Recuerdo la penúltima sombra masculina con la que estuve.. Me llevó a su casa, donde me sentí tentada una vez más por mi diablo y le exigí más y más; le exigí tanto que, después de hacerle sufrir y sudar, lo dejé sollozando en su habitación. Y lo peor fue que aquel hombre se parecía al que ya sabes. ¿No era haber perdido los puntos cardinales? Tal vez, pero yo no me lo preguntaba y ahora recuerdo aquel tiempo como un largo sueño de morfina.

Y hubo una noche en que, recién llegada de la facultad, donde pasaba parte del día, empecé a vestirme con más ansiedad que nunca. De pronto me vi reflejada en el espejo... Yo era definitivamente otra, y ya era demasiado tarde para echarme atrás. Al aceptarlo comprendí por qué algunas personas solían llevar una doble vida como yo. Comprendí por qué se puede odiar y amar a la vez. Comprendí por qué se da a luz y por qué al hacerlo también se mata. Comprendí todas esas contradicciones y comprendí las otras, lo comprendí todo. Y supe que se acercaba el momento para el que me había estado preparando.

Entonces pensé en los hombres que habían pasado por mis noches en los últimos tiempos. A todos les había mirado al fondo de los ojos, y en todos me había contemplado como en el espejo de la leyenda de las vírgenes de Argos, aquellas muchachas que sabían que el abismo estaba en sí mismas. Recordarás que una bruja las conducía hasta su cueva y allí les mostraba un espejo en el que veían el rostro que tendrían en la vejez... Nada más verse, las doncellas se arrojaban a un barranco, horrorizadas ante lo que las esperaba. Aunque yo no veía en el espejo de los hombres exactamente mi vejez. Veía más que las vírgenes griegas, veía en realidad la muerte.

Y ahora, Eva, mientras me escuchas, intenta crear en el vacío, por favor, intenta componer en el aire las imágenes que te vaya describiendo... Para que puedas meterte en mi piel y así comprenderme. Para que puedas perdonarme y así seguir amándome. Y para que mi espectro siga también tus pasos y te proteja y te ilumine.

Imagina a tu hermana Sara... Imagíname... Ha vuelto a ver al joven soldado, ha empezado a creer que está delirando y sin embargo sigue andando y llega hasta él... Nunca antes había conseguido acercársele tanto. Ninguna otra noche habían estado los dos tan cerca.

Él parece no haber advertido su presencia y sigue sentado en la escalinata de la iglesia, en la misma actitud, con la misma postura, tal y como ella lo descubrió al doblar la esquina de una calle oscura y solitaria. No hace ningún gesto que delate la aproximación de un cuerpo extraño, ni un solo rasgo de sorpresa o de simple curiosidad para quien le está mirando. O no la ha visto o no le importa nada, y sigue fumando tranquilamente. El círculo de fuego del cigarrillo brilla en la noche, se enciende y se apaga intermitentemente cuando inspira y cuando sopla. De cerca, le parece más joven. Su uniforme de soldado le está grande, todavía no da la talla del hombre que debiera ser, que podría haber sido. Todavía no le ha dado tiempo a crecer.

Y le parece más frágil, y piensa que seguramente tampoco le ha dado tiempo a conocer el horror, la rabia, el miedo, y por eso... también le parece más vulnerable.

Hay algo desproporcionado en él, hay algo que no encaja, y no sólo por la complexión de su cuerpo y su estatura, en relación al tamaño de su uniforme, de su gorro y de sus botas. Hay algo en esas medidas que no acaba de acoplarse, como si el uno y lo otro compartieran el mismo mapa, pero en escalas diferentes.

Hay algo anacrónico también en él, y no es sólo

por ese atuendo de época pasada, como si viviese en una dimensión diferente al resto de los seres.

Por un momento duda si no será una alucinación, un fantasma que se alimenta de su propio aliento, pero... ¡respira! Escucha el sutilísimo jadeo de su respiración y se fija en las ligeras y tenues contracciones en su pecho, que le confirman que es un animal viviente.

La armonía de sus facciones la arrebata. Lentamente acerca sus dedos para acariciar su mejilla, pero su mano se funde en el vacío traspasando la piel impalpable. Su carne y sus huesos parecen estar hechos de la misma sustancia gaseosa que el humo que sale de su boca al espirar, cuando aparta ese cigarrillo que sostiene entre los dedos con un gesto turbador.

Acerco mis labios a esa boca jugosa para arrancarle un beso, pero ese beso se desvanece en el aire. Y también se evaporan su boca, sus ojos y su sonrisa.

Antes de doblar la esquina, me giro para mirar atrás y volver a ver la iglesia en cuya escalinata estaba sentado mi soldado. Y mi retina me devuelve la estampa de una calle solitaria en tono negro y azul infierno, por donde no pasa ni una alma. De pronto creo ver siluetas al fondo de la calle, muy al fondo, siluetas de muchachas que corren porque han visto su cara futura en un espejo, espíritus a la intemperie de una noche en llamas.

Seguí el rastro del soldado, como si en ello me fuera la vida. Y él aparecía y desaparecía repentinamente, y varias veces tuve que frenar mi automóvil creyendo que iba a arrollarlo.

Aquel fantasma estuvo jugando conmigo... ¿O eran los fantasmas que pueblan mi mente los que se burlaban de mí? El caso es que, bien entrada la madrugada, acabé en la autovía. Ya iba a dar la vuelta para regresar a casa cuando las luces doradas y blancas del casino me arrastraron como a una urraca.

Entré dentro y mis ojos, como enloquecidas bolas de una ruleta, buscaron y buscaron, hasta que se detuvieron en un hombre que en vez de ir vestido de soldado iba vestido de *croupier*. Pero a mí me parecía el mismo de antes, con la misma cara y los mismos ojos.

9

EL DESEADO

Querida Eva, de todo cuanto he sido, lo único verdaderamente valioso es este testimonio. Ahora sé que mis palabras están llegando a ti definitivamente y para siempre... Sé que me oyes, desde ese estado entre la vida y la muerte en el que te encuentras, sé que me oyes, y sé que recordarás todo lo que te estoy diciendo porque eres la memoria, nuestra memoria...

Querida Eva, me asusta lo que hice, no voy a negarlo, pero no es hora de fingir. Aunque antes... necesito confesarme, necesito tu bendición..., después...

No quiero el perdón de los hombres. No quiero el perdón de los fantasmas porque dejé de adorarlos cuando conocí a mi amor... Sólo busco tu perdón, tu extremaunción.

Y dime... ¿Te acuerdas de Ismael? No debieras olvidarte nunca de él, porque cuando lo conociste ya formaba parte de mí, y ahora formamos una misma y única ausencia.

Y si a mí puedes llegar a perdonarme es como si le

perdonaras también a él, pues sólo cuando os vio pude convencerle de que debía ayudarme a matar a Abram.

¿Te acuerdas de cómo miraba a nuestra hermana, a la terrible y dulcísima Lilith? Ismael tenía los pasos contados, y quería retener lo que estaba viviendo para luego poder beberlo en las horas amargas.

Cuando conocí a Ismael lo confundí con la muerte, o tal vez con el pasado. O quizá lo miré, sencillamente, como un hombre que ha matado, o que viene de matar... Míralo con los mismos ojos que yo lo miré y me darás la razón...

La Muerte recostándose contra la pared, el torso erguido, ligeramente inclinado hacia un lado, la pierna izquierda flexionada, con un pie apoyado en la pared y el otro en el suelo, sosteniendo todo el peso de su cuerpo...

Ausente, pensando en sus cosas, como si estuviera tramando algo, o como si ya lo hubiese tramado...

Fumando convulsivamente un cigarrillo, como si esperase a alguien, y el humo que sale de su boca cuando sopla emborrona su rostro, arrastrando recuerdos de otros humos... y de otras nieblas...

Mirando de reojo hacia la puerta, mientras sigue atento a cada jugada, pendiente de todas las apuestas y pendiente sobre todo de la ruleta que se halla a su izquierda.

De pronto, nuestros ojos chocaron frontalmente en el intervalo vacío entre dos apuestas. Nos sostuvimos la mirada unos segundos, sorprendidos y a la vez temerosos por habernos encontrado, hasta que yo rompí el embrujo y desvié ligeramente la mirada. Fue entonces cuando él sustituyó a su compañero en la ruleta de la izquierda, y empezó a organizar el juego.

Nos estuvimos espiando todo el tiempo. Cuando él no me miraba yo le miraba; y cuando yo no le miraba él me miraba a mí. Estuvimos pendientes el uno del otro durante toda la noche, pero ninguno de los dos nos atrevimos a dar el primer paso.

Me vio echar unas monedas mecánicamente en las máquinas tragaperras, me vio canjear fichas sin convicción, sin interés, sin la emoción y el vértigo del juego, sin la ansiedad enfermiza y la fiebre del jugador.

Me comportaba como el mirón curioso que entra en una iglesia cuya religión desconoce e intenta seguir los ritos imitando a los fieles que rezan dentro, para no llamar la atención... Pero, entonces, ¿qué había ido a buscar allí?, pensé. ¿A quién?, me pregunté sin dejar de espiarlo. Por un momento deseé ir hacia él, por un momento casi logro olvidarme de mi situación, pero no me moví de mi sitio y seguí mirándole de reojo y bebiéndolo con el pensamiento.

Y cuando al fin me cansé de imitar a los otros, y los actos de los otros, y los deseos de los otros, me dirigí hacia la salida con la intención de marcharme sola.

Pero hubo un instante en que me detuve en el umbral de la puerta y me giré para mirarle como no me había atrevido a hacerlo en toda la noche.

Después desaparecí, consciente de que ya sabía dónde encontrarlo.

Algunos días después, Ismael, el que tú conociste y yo conocí, me confesó que tras mi ausencia le había invadido una sensación de alivio y desesperanza que hasta entonces desconocía, y que deseó que cerrasen cuanto antes el casino para poder irse a su casa. Se había asustado al verme, como si hubiese cobrado vida su propia sombra.

Y es que, aunque a menudo quise ocultarme mis intenciones más viles, ahora sé que quise matar a todos los hombres que busqué en la noche y que, aun sin saberlo, lo quise matar también a él, hasta el día en que me ayudó a acabar con Abram.

Y cuando quise confesarle el silencio de mi doble fondo, mi infierno y, paradójicamente, también mi salvación él ya no quiso escucharme. No hacía falta que me escuchase, era ya tarde para echarse atrás.

10

NOCHE AFORTUNADA

Al día siguiente volví a verlo. Se hallaba junto a una de las barras y ya me estaba mirando desde antes de que yo lo descubriera. Y juro que en aquel preciso instante, y después, cada vez que lo descubría observándome, hubiese dado cualquier cosa por saber algo más.

Me había convertido en una tramposa, me atreví a pensar, y lo peor de todo era que estaba haciendo tongo conmigo misma. Y cuando empezaron a girar las ruletas me puse junto a él y sentí su aliento abrasando mi nuca, pero no me atreví a girarme. Empecé a apostar y él empleó toda su intuición y su experiencia de *croupier* para que yo ganase una y otra vez.

Y mientras amontonaba fichas pensaba: eres un perro callejero... Y a mí me gustan los perros sin amo, los perros listos. Ya lo sabes, no puedes fingir conmigo. Y aunque ahora gane gracias a ti, y gracias a mí parezcas un rey mago con zapatos caros, sé que tienes pies y alma de perdedor. A mí no puedes estafarme. Puedo adivinar lo que estás pensando y apostaría todo contra nada a que tengo razón... Y es por eso, sólo por eso, que te cuesta mirarme a los ojos...

Esa noche gané más de lo que en un principio me atreví a imaginar, y abandoné el casino cuando ya estaban a punto de cerrar.

Una hora después, cuando se hallaba esperando en la parada del autobús, surgí de mi coche.

—Buenas noches —susurré.

Le encendí el cigarro que tenía en la mano y sonreí. Hacía tiempo que no sonreía. Cuando volvimos a mirarnos estallamos en carcajadas.

Todavía le estoy viendo, haciendo equilibrismos para no desplomarse de risa. Viéndolo así, me parecía más vulnerable y pensé que en cualquier momento podía precipitarse en un infierno parecido al que les había propiciado a mis otros novios de una noche. De pronto yo podía ser su infierno, el infierno que le aguardaba. Le pregunté si estaba esperando al autobús y asintió, aclarando que su coche estaba averiado.

—Puedo llevarte en el mío —comenté, cogiéndole del brazo—. Sería una manera de compensar un poco los favores que me has hecho esta noche...

—¿Favores? Te equivocas... Tuviste mucha suerte, eso fue todo.

—Sí, una suerte apocalíptica. De pronto salió tres veces seguidas el nueve. Asombroso...

—No lo creas. Hay noches negras ante las que nada puede hacer el más experimentado *croupier*...

—Y claro, ésta ha sido una de esas noches...

—No lo dudes.

Nos echamos a reír, hasta que le dije:

—Vamos a gastarnos todo lo que hemos ganado. Esta noche te voy a dar todo lo que...

—¡Deja de comportarte como si fueras una prostituta, no resultas auténtica! —me interrumpió áridamente.

Le miré como una gata humillada, me soltó y avancé hacia mi automóvil. Ya estaba abriendo la puerta del vehículo cuando se arrojó sobre mí. Pero conseguí entrar en el coche y arranqué.

11

PENSAMIENTOS CONJUGADOS

Eva, en el lugar donde estoy, en el lugar desde el que te hablo puedo sentir tu fiebre... Siento que tienes mucha fiebre porque me llegan imágenes que me estremecen y que pasan por mi cabeza como silbidos. Aunque ya no sean más que los espejismos de otras imágenes..

Hay imágenes que me encienden, sí, y palabras que me envenenan, pero más venenoso es todavía el eco repetitivo y lento de esas palabras cuando creo que he dejado de oírlas.

Y hay gestos lejanos, perdidos, con los que me va abofeteando el aire casi sin que me dé cuenta.

Hay ojos que son astros paralelos, con identidad propia, vagando a la deriva por un universo interno. Dos esferas volcánicas a punto de hacer erupción en miradas que arden, que abrasan, que calcinan la conciencia, o el rastro que ha dejado la conciencia.

Y hay otras miradas...

Me incomodaba Ismael, y yo le incomodaba a él.

Había conocido a muchas mujeres más exuberantes que yo, y sin embargo yo le atraía, aunque quizá también le repelía. A mí me ocurría lo mismo, pero además yo veía en él una suave desgana que parecía impresa en su misma figura, una extraña distancia hacia todo lo que hacía que de algún modo le protegía, pero ¿de qué? Había algo inquietante en él, un imán, una poderosa fuerza que atraía a las corrientes más confusas de mi deseo, que me desconcertaba y me desarmaba.

Parecía la víctima propicia para que un vampiro lo secara por dentro... ¡Parecía tan fácil herirlo a pesar de su oficio y de sus ojos habituados a la noche! Recordé su forma de mirarme y pensé que yo era la única que quería cargar con esa cruz.

Volví al casino. Volví a mover la ruleta y a poner en marcha todo el engranaje de mi cerebro, que respondía mecánicamente a cada nuevo impulso.

Aparentemente, él era el mismo *croupier* de la noche anterior, un *croupier* amable y cínico que mentía siempre y que a veces dejaba ganar a los que ya no tenían nada que perder. Y precisamente ése había sido el truco, el único truco para que su suerte cambiara a veces de forma inesperada.

Aparentemente era el mismo de ayer, sí, pero ese sudor interno que sólo yo percibía y que seguía empapando la cara opuesta de mi piel era otro sudor, y también era otra su fiebre.

Pensaba en él todo el tiempo mientras giraba la ruleta, hasta que otro *croupier* le sustituyó y se fue a tomar una copa a una terraza del otro lado de la carretera. Fue allí donde me volvió a encontrar, sentada junto a la barra. Me pareció más lleno de luz que el día anterior. Mi pulso se aceleró y traté de no llamar su atención.

—¿Interrumpo algo? —me preguntó.

Giré la cabeza y le miré fijamente.

—Sí.

—Lo siento —musitó.

Ya se iba a marchar cuando le dije:

—Siempre estamos interrumpiendo algo... ¿O no?

—Por descontado. Yo acabo de interrumpir el juego, pero he de volver... Sólo quería excusarme por lo del otro día.

—Lo he olvidado, y mañana seguramente habré olvidado este momento. A propósito, me gustaría jugar otra vez... —susurré, cogiéndole del brazo.

—Te recomiendo mi ruleta... Pero será mejor que no te vean a mi lado.

Nos separamos bruscamente, cruzamos la carretera por separado, y unos minutos después él volvía a gritar lo de «hagan juego, señores».

Empecé a apostar a un número, y a veces ganaba y otras perdía. Yo veía rodar la bola en la ruleta, yo era la bola, y me daba cuenta de que ya era tarde para retroceder. Aunque me resistiera a él, el hombre que generosamente brindaba con todos por mi suerte me hacía dar vueltas hasta marearme. Cuando lo perdí casi todo empecé a creer que nuestros pensamientos se juntaban y la bola se detuvo en el número elegido, lo que me permitió ganar treinta y cinco veces lo apostado. Mi número volvió a salir una vez más. Nuestros pensamientos eran el mismo pensamiento hasta que, con una mirada, me aconsejó dejar de jugar.

12

DESAPARICIÓN

Estás sudando, Eva..., siento que vuelves a tener fiebre... ¿Quieres saber lo que veo? Veo unas manos de mujer, pálidas, frías y escurridizas, que rozan el bisel de unas cartas.

Estás delirando, sé que estás delirando, Eva... Quebradizas muñecas en estado de alerta, apoyándose en el paño verde para sostener las caras ocultas de los naipes, se mueven entre la niebla... Y llegado mi turno, el azar, con finos dedos, elige una carta. Veo fugazmente, en el vacío, el revés rojo del naipe antes de revelar su cara. Es un trébol rojo, brillando en el centro de la mesa...

Era él, brotando como un imposible trébol rojo, y eso todavía me aterraba más. Por eso, aquella tercera noche de miradas intensas y fortuna en el juego me desesperé al no encontrarlo en la parada del autobús, donde llegué a suponer que me estaría esperando.

Y cuanto más deseaba su fantasma más sola me sentía, y más perdida.

Ahora no soy nadie, pensé, ahora no valgo nada. Ahora estoy más muerta que viva, pero si estuviese con él me sentiría viva, lo sé, lo sé, me sentiría algo, me sentiría alguien.

Pero a la noche siguiente no apareció, y tampoco a la siguiente. Al principio traté de convencerme de que era mejor para ambos que esa absurda relación que tan mal había empezado se disipara en el aire, y en algún momento hasta llegué a creer que todo había sido un sueño o el producto de mi capacidad de distorsión.

Volví al casino. Hacía guardia, acechante, observando a los otros y los juegos de los otros, creyendo tener las claves de sus vidas por sus formas de jugar, inventándomelas, como si hubiera sido la sombra de todas ellas y siguieran perteneciéndome.

Y sentí miedo de mí misma. Yo era el retrato de la ansiedad, esperando pacientemente a su presa. Hasta que una noche me atreví a preguntar por él a la chica de las fichas. La chica me dijo que Ismael había enfermado, lo que le iba a impedir trabajar por unos días.

La noticia me alivió, pero sólo en parte. No dormía, no comía, no vivía. Madrid era un sucio laberinto y me perdía en los barrios más limpios y también en los más canallas persiguiendo su sombra, que no había dejado otro rastro que mi obsesión.

Me avergonzaba de mí misma al verme con aquel traje chaqueta negro con un corte en la falda, girando frenéticamente en cualquier esquina, deseando el contacto de sus manos.

Anochecía y yo planeaba por las calles como si fuera una ave rapaz olfateando la carroña. Hasta que una madrugada lo vi en el bar del otro lado de la carretera, y fue como si se iluminara todo: las lámparas, la barra, los vasos, los jugadores que habían perdido y los que habían ganado.

Y él sabía que me había vestido para él, y para él me había peinado y perfumado, y yo sabía que cuando miraba a otras era cuando más me estaba mirando a mí, y cuando más pretendía despertar mi interés.

Ya se hallaba junto a mí cuando elevé la copa y dije:

—Brindo por tu aparición. Me da suerte...

Me quedé paralizada. Su mirada parecía casi vacía, casi perdida en su interioridad y en la mía.

—Me tienes lleno de dudas desde que te vi... —dijo—. ¿Cómo te llamas?

Nos dijimos nuestros nombres y le miré en silencio. ¡Maldita sea!, pensé, él todavía no sabía... ¿o lo sabía?, que ya había tocado el resorte preciso para poner en marcha todo el engranaje de mi vida. A mi pesar, mi propio corazón ya había decidido traicionarme en aquella primera noche.

Y ahora estaba segura de que, si me alejaba de la banqueta, mis piernas flaquearían como si acabase de bajar de un cielo secreto. Le volví a mirar y me pareció que su rostro irradiaba una felicidad distinta y que sus ojos brillaban como si vieran cosas que ni siquiera los muertos podían ver. No había bebido, pero parecía ebrio de una gloria íntima y pequeña que sólo le interesaba a él, y que se me antojaba completamente ajena a lo que yo acababa de decirle.

—¿En qué piensas? —le pregunté.

—En ti —contestó—. Pienso en ti todo el tiempo.

En contra de lo que yo creía, se puso de pie, asentando firmemente sus pies en el suelo, se dio la vuelta, abrió la puerta del bar y me dijo:

—¿Vamos?

Afuera había empezado a nevar. Recuerdo su imagen nublada entre los copos blancos, recuerdo cuando echó la cabeza hacia atrás y abrió la boca bajo la nieve.

Ismael acababa de girarse hacia mí cuando tres pobres diablos que vigilaban la salida del casino se acercaron a nosotros. Uno de ellos sacó una navaja. Inmediatamente me coloqué ante él, haciendo de mi cuerpo su escudo.

Los tres hombres se quedaron perplejos, se dieron la vuelta y se alejaron. El de la navaja ocultó el arma en el bolsillo de su chaqueta, se encogió de hombros y murmuró:

—Los hay con suerte...

Todavía temblando, Ismael me abrazó y me preguntó qué había hecho, como si no lo supiera, como si no hubiese sentido en mis ojos y en mis nervios que él era ya mío, únicamente mío, y que nadie me lo iba a quitar.

Después recuerdo su calle. No pasaban coches y sólo se oía un rumor de motores en calles adyacentes que parecían de otro mundo. Entonces me dio aquel primer beso en la boca que me sigue abrasando.

13

COMUNIÓN

Amanece... Hace frío... ¿Estás sudando?... Eva, ¿estás sudando? ¡Contesta! Me da miedo dejar de hablarte y que todo se acabe, pero más miedo me da recordar...

Todavía me asusta, todavía me da miedo nombrarlo, hablar de él, como cuando me complacía en adivinar las vidas de los otros para ignorar lo que realmente me estaba sucediendo a mí... Pero ya basta de huidas, aquí estoy, comunicándote mis recuerdos, y mis recuerdos me conducen de nuevo a su rostro, cuando nos besábamos en el portal. Para mí volvió a hacerse la luz, y, cuando se arrojó en mis brazos, sólo pude apretarle fuertemente para que no volviera a desaparecer.

Estuvimos un rato abrazados, ajenos al rumor de la noche. Cualquiera que nos hubiera visto hubiese pensado que éramos dos personas que habían estado estrechamente vinculadas en otro tiempo y que, tras una larga separación, habían vuelto a encontrarse.

Y en verdad eso es lo que éramos, pero el mundo

nos ignoraba y pasaba de largo como si estuviésemos en otra dimensión. Cuando al fin nos atrevimos a mirarnos, él, con los ojos todavía empañados, roció con sus besos mis ojos, mi boca, mi frente. Cada trozo de mi piel que tocaba con sus labios quedaba apresado en su hechizo.

Me había puesto de puntillas y él me sostenía por la cintura cuando creí que también se me iba a paralizar el pensamiento. Después de restregar su rostro contra el mío, apoyó su mejilla en mi mejilla y acercando su boca a mi oído, de forma que sus labios rozaban el lóbulo de mi oreja y su aliento se filtraba por mi oído, susurró:

—Me acuerdo de ti..., ¿sabes? Me acuerdo de ti perfectamente. Te he visto en Aranjuez hace mucho tiempo... Ibas con tu madre, la que se volvió loca...

Me atreví a mirarle profundamente a los ojos. Ahora sí que le estaba viendo de verdad. La parte más líquida y oscura de mi conciencia le reconoció en seguida, aunque la conciencia no se diera cuenta de lo que estaba viendo y sintiendo hasta aquel momento.

—¿Tú eras el soldado que estaba junto al puente? —balbuceé.

—Sí.

—Y diez años antes ¿no eras el hijo de un jardinero?

Asintió de nuevo.

Volvimos a reconocernos en la distancia y permanecimos abrazados para no perder el equilibrio. Me refugié en sus brazos, segura, confiada, tranquila, y por un instante, un solo instante, traté de convencerme de que no iba a poder ser mala para él.

—¿Tienes frío? —me preguntó.

—Siempre tengo frío... Llévame a tu casa.

—No podré amarte como los otros hombres...

—Yo no deseo que me ames como los otros hombres.

Sin darse cuenta, Ismael acercó la brasa de su cigarrillo hasta rozar mi piel. No me moví, no hice un solo gesto. Simplemente dije:

—Una sola brasa puede quemar, pero no calienta.

—Tienes razón —susurró él, alejando el cigarrillo.

—Para calentarse un poco hace falta fuego, llamas. ¡Llévame a casa!

Llegamos a su casa y me recosté a su lado. Estuvimos besándonos y abrazándonos hasta que me sentí agotada, como si regresara de una larga peregrinación, como si llevara años, lustros, vagando sin descanso, buscando algo o alguien. Al fin podía dormir junto a un hombre. Al fin podía descansar, descansar, descansar...

—Qué raro... Es como si esta casa fuera una isla muy lejana en la que ya había soñado alguna vez... —susurré antes de quedarme profundamente dormida.

A mediodía desperté, locuaz y risueña, y él me dio los buenos días como si ya estuviera habituado a dormir en mi regazo.

—¿Aún estás vivo? —fue lo primero que le dije.

Mi pregunta le conmocionó. Fingiendo que no entendía mis palabras, fingiendo ser otro vivo y otro muerto, balbuceó:

—¿Acaso tengo que estar muerto?

—Veo que te escandaliza mi pregunta. Si te la hubiesen hecho tantas veces como a mí, no te escandalizaría.

—¿Te han preguntado muchas veces si estás viva?

—Muchas —le contesté con apaciguada voz, y casi susurrando—. Y también he conocido a gente que se hacía esa pregunta continuamente. Mi abuela, por ejemplo, se despertaba todas las mañanas gritando: «¿Aún estoy viva?»

—Estás más viva que el diablo —me dijo, mirándome fijamente—. En cambio, yo tengo la sangre envenenada.

Por un instante pareció romperse por dentro, o quizá hundirse en un pozo de incomunicable intimidad con su propia vida, pero en seguida le apresé fuertemente por la muñeca y dije:

—No importa.

Creo que fue entonces cuando afloró en mí una sonrisa interior, en la que sentí condensada parte de mi maldad y parte de mi bondad.

Estuvimos todo el día confesándonos. Él volvió a hablarme de Aranjuez y yo empecé a hacer memoria. Después me habló, con una vaguedad un tanto desasosegante, de sus dos hermanos: uno ya estaba muerto. Le escuché largo rato y después le hablé de mí, y él reía conmigo cuando le contaba historias alegres, y cuando no lo eran, cuando eran tristes las historias que le contaba, sus ojos se enturbiaban mientras me escuchaba.

Y a mí me sucedía lo mismo, y cuando él me hablaba, algunos de sus recuerdos se me clavaban como cristales rotos en el pensamiento, y me dolían, me sangraban por dentro más que mis propios recuerdos.

Y se dio cuenta de que le pedía la vida para ofrecerle la mía a cambio, y quiso convencerme de que eso era imposible, y quiso advertirme de que saldría perdiendo con ese intercambio, pero se contuvo cuando le dije:

—Me gusta lo que eres... Bebería cada segundo que has vivido, hasta hacer míos todos tus actos...

—¿También los equivocados?

—Sobre todo los equivocados.

Me miró asombrado antes de decir:

—Me has robado el pensamiento, te lo juro, me lo has bebido... Yo quería decirte justamente eso, que amo sobre todo tus actos equivocados... Y el más equivocado de todos ha sido conocerme... Aunque también el que más me beneficia. Dios mío, voy a creer que estoy soñando.

Antes había tenido algunas noches de amor, pero aquélla fue mi primera noche de amor verdadero. Y me daba cuenta de que nunca había temblado de esa manera. Recuerdo que nos estábamos abrazando en su cuarto cuando creí que volvía a mí mi enemiga interior, la que podía transmitir terror, la que vomitaba palabras. Pero las blasfemias de mi enemiga fueron ahogadas por mis gemidos. Ismael no la oyó. En realidad ni siquiera yo llegué a oírla de verdad.

14

RESPLANDOR

Qué necios los que se creen vivos, agarrándose a las burdas evidencias para calcular lo que no tiene medida ni principio ni fin. Sí, qué necios. Y así dividen el tiempo en días y en noches, basándose únicamente en lo obvio, en fracciones de horas y de minutos, cuando cada segundo tiene identidad propia y ocupa su propio espacio. Se prolonga o se reduce siguiendo su propia inercia, y se aísla, incorpóreo, indemne a la corrupción, sin que ningún fétido olor lo delate. O si no, ¿por qué los días corrían tan frenéticamente cuando él estaba conmigo y un solo minuto duraba lo que una condena perpetua cuando no estaba? ¡Qué cruel es el deseo!... ¡Y qué cruel es el amor! Sí, qué cruel, qué cruel es el amor.

Mientras unos curan sus heridas, otros brindan por haber sido los elegidos de un dios caprichoso que los tocó con su gracia. Pero vuelvo a mi historia y me sitúo en la noche en que nos hallábamos celebrando nuestro amor en «la cantina contigua a la casa de la muerte», que era como los vecinos del barrio apodaban el inmueble número 7, por la cantidad de muertes oscuras que se habían sucedido en ese edificio.

Antes había tenido otro nombre, que el tiempo había borrado y que todos habíamos olvidado, por eso empezó a conocerse con ese nombre que tampoco era su nombre.

Era un bar alegre, lleno de neones y de anuncios, y servían un té de Ceilán singularmente narcótico. Y era tradición tomar el té siguiendo el rito de los beduinos. La primera taza amarga como la vida, la segunda dulceamarga como el amor y la tercera dulce como la muerte.

Chocamos nuestras tazas. El cristal emitió ese sonido acuático tan parecido al encuentro de dos espíritus benignos.

—¡Por la buena vida! —exclamó.

—¡Por la buena vida!... ¡Y por la mala también!

—¡También!

Giran los aviones de feria, y gira la noria como la rueda de la fortuna o como el tambor de una ruleta rusa... Mientras lo besaba me daba cuenta de que sobre todo tendría que protegerlo de mí misma, pues era de mí de quien yo más desconfiaba. Y no me fiaba ni de mi propia sombra, de ésa era de la que menos me fiaba.

Me llevó al mismo parque de atracciones al que solía llevar a sus hermanos. Atravesamos la carretera de la Casa de Campo. Los faros del coche iluminaban la hilera de árboles y la hilera de piernas de las prostitutas, que se intercalaban entre sí, conformando dos laberintos diferentes.

—¡Para! —le ordené—. Invitémoslas a volar con nosotros.

Pero no me hizo caso. En realidad no solía hacerme caso cuando le pedía cosas como ésa, pero le gustaba que lo hiciera.

Subimos al carrusel. Subimos en la montaña rusa. Subimos en los aviones. Parecíamos novios dominicales girando en la noria, dejando que la rueda de la fortuna nos marease. Podíamos tocar el cielo y el mundo entero estaba en otra parte.

Contemplaba desde mi gloria la ciudad de noche, donde se escondían y respiraban, vivían, se amaban y se odiaban los otros. Y en sus negras pupilas se reflejaban las luces de cobre que configuraban aquel universo menor.

Viéndolo así, envuelto en ese halo que le daban las alturas y su propia felicidad, pensé que estaba haciendo bien las cosas esta vez.

Creí que Ismael era mi Gatsby, y así se lo hice saber. Hasta nuestro cielo ascendían las voces de los feriantes, las sirenas de las otras atracciones, y las diferentes sintonías que salían de cada caseta y chocaban entre sí provocando tormentas fugaces.

Y cuando bajamos me puse a bailar delante del hombre orquesta. Y bailé para aquel hombre y bailé para todo aquel que quisiera mirarme, y también bailé para mí. Bailé bajo la lluvia, con toda mi generosidad. Toda la energía que antes empleaba para odiar ahora la empleaba para crear con él un nudo de calor.

15

FESTEJANDO UN PACTO

Habíamos agotado todos mis fondos e Ismael continuó yendo al casino. Cuando llegaba a casa de amanecida me despertaba con un beso y nos abrazábamos entre sollozos.

Ésa era mi recompensa. Caer por el abismo de luz de su conciencia y quedarme flotando en su cálido cielo después de haber pasado la noche sola.

Sucios eran los bares donde brindábamos..., sucios eran los bailes donde bailábamos baladas de amor..., pero él lo limpiaba todo con su presencia; su sola presencia bastaba para hacerme creer que la vida era vivible.

A veces, cuando llegaba a casa, me encontraba, a los pies de la cama, el último regalo que me había comprado. Y yo me ponía el par de flamantes zapatos de piel de serpiente para no contrariarlo, para gustarle, aunque a mí no me gustaran. Y casi nunca me gustaban porque aquellos regalos estaban pensados para esa otra mujer que era mucho mejor que yo, que era más guapa y más fuerte y más buena, y más orgullosa y más inteligente. Aquella mujer formidable que sólo él veía en mí.

Más de una vez me encontró escribiendo poemas como aquel que decía:

Era justo que te encontrase
en un lugar del infierno.
Yo iba huyendo
de un asesino
parecido a mi padre
y me diste un beso...
Era justo que te encontrase
en un lugar del infierno.

Corro hacia él y me arrojo en sus brazos, confiada, como quien se lanza al vacío sabiendo que una fuerza amortiguará su caída, y estrello mis labios contra los suyos...

Hay dos tipos de hombres: los que se atreven a coger a su chica por la cintura, para hacerla girar en el aire, y los que nunca se han atrevido a hacerlo.

Hay dos tipos de hombres, cierto, y ésa es la única diferencia, la esencial, cualquier otra justificación, cualquier otra apreciación no son más que rodeos para perderse en un laberinto de divagaciones que no llevan a ninguna parte. Y eso es todo.

Los que se atreven a vivir y los que observan su

vida desde el otro lado de la barrera, como si no les perteneciera.

Y a él, como a mí, nos tocó vivir la propia vida como si no fuera nuestra, hasta que nos conocimos. Veo al hombre, al hombre que fue, al hombre que quisiera seguir siendo, agarrándose a mí.

Puedo resucitar ese recuerdo siempre que lo desee, y puedo hacer que se repita hasta la saciedad, hasta el infinito.

Puedo acercarme tanto como yo quiera, puedo atravesar con mi memoria su cuerpo. Y él puede tocarme con cuatro, con cuatrocientas manos. Cuatro mil dedos pulgares se hunden en mi ombligo cuando me toma por la cintura para hacerme saltar...

Así: su sudor cae sobre mis piernas, y mientras sigo girando vuelvo a pedirle:

—Dímelo otra vez o no volveré a pisar el suelo.

Y él contesta:

—Te quiero..., es cierto.

—Y... ¿cuánto me quieres? —insisto.

—Mucho.

—Mucho es poco —protesto.

Y le insulto entre risas, y tiene razón cuando me dice que estoy ciega, sí, la tiene...

Ahora puedo volver a verlo, pero entonces no podía ver, sus ojos negros y su amor me cegaban. Escuchaba sus protestas entre risas, hasta que le dije para tranquilizarlo:

—Te quiero porque me haces reír... Sólo por eso.

Y él, que siempre se había tenido por un tipo sin ninguna gracia, no podía entenderme, pero yo sabía muy bien lo que estaba diciendo porque, bajo su influjo, yo también era otro ser que reía sin parar, y las mujeres sólo aman de verdad a los hombres que las hacen reír, porque no hay sabiduría más profunda que la risa: esa que nos obliga a cerrar los ojos en una gloriosa carcajada.

A mí, Ismael me parecía un ángel negro, irresistible. Y no puedo resistir la tentación de volver a relatar aquel instante.

Veamos... Me lancé a sus brazos para que él, para que solamente él me hiciera girar..., ya lo he dicho. Y mientras daba vueltas y mientras le insultaba y reía le pedía más, le exigía más y más...

—Si de verdad me quieres, dime mentiras que me hagan olvidar las verdades a medias...

No contestó. Entonces yo le dije:

—Y si no te gusta lo que te digo y si no eres capaz de escucharme, haz que me calle, muérdeme la boca y...

—Ya no voy a poder querer a nadie —le aseguré más de una vez, cuando me animaba a ponerme guapa, miraba el reloj y me regañaba porque se estaba haciendo tarde.

Yo saltaba de la cama, me escondía en el baño y a los pocos minutos salía.

Yo creía que cuidaba de Ismael cuando era él quien me estaba cuidando. Y era yo la que me ofrecía a él como un don del día y de la noche.

—No tengo las piernas que desearía, ni la boca, ni la nariz, ni los ojos que me gustarían. Ni tengo los pechos más bonitos, ni mi culo es el que yo quisiera. Soy como soy..., no he podido elegir y no es mi culpa si no soy como quisiera ser para ti... ¡Ah, si yo pudiera!, pero no puedo, no puedo, no... Pero te quiero, sí..., te quiero con estas manos, con estas pestañas. Y estas ingles y estas rodillas te desean... Que no son las mejores lo sé..., pero son todo lo que tengo, porque antes de conocerte ya te echaba de menos —le dije en una ocasión.

A las seis de la mañana, cuando los objetos duermen todavía, regresaba a casa. Me despertaba y nos besábamos. A veces volvía a dormirme en su regazo, otras le contaba lo que había soñado.

Pero una mañana, al volver del trabajo algo más pronto de lo habitual, me encontró arrodillada en la cama en situación sospechosa. Me agarró del brazo con rabia y descubrió su pistola. La visión del arma le hirió como un disparo a traición. Le dolía tanto como una bala.

Me hizo daño cuando me arrancó la pistola de las manos y me asustó cuando gritó, ordenándome que no volviera a tocarla nunca, ni a mirarla siquiera.

Pasé todo el día encerrada en la habitación, demostrándole así mi enfado, negándole la palabra y la mirada.

Anochecía cuando me suplicó que le perdonase, y fue entonces cuando le confesé que me había violado Abram, el que tú conociste y yo conocí. Un hombre al que Ismael había visto más de una vez de niño y que más de una vez le había dado propinas por podar los arbustos... Un hombre que seguía pasando largas temporadas en Aranjuez con dos hijas que debían de correr la misma suerte que yo. Después le dije que quería matar a Abram y que tenía que ayudarme antes de que fuera demasiado tarde.

Me juró que sí, que me ayudaría. Ahora me bastaba con tocar su cintura para estar segura de que la justicia existía, y de que en lugar de una espada llevaba una copa como las nuestras.

Acabábamos de brindar cuando le oí decir:

—Si alguien me asegurara que nos conocimos hace unos meses le diría: ¿te has vuelto loco?

—Igual a mi lado el tiempo se te hace muy largo...

—No digas locuras. Desde hace meses el tiempo vuela, vuela muy de prisa...

—Y a ras de tierra...

—Eso...

Y pensé: muy cerca de la tierra y de la carne, muy cerca de la piel pasaba el tiempo, pero él conseguía que lo más oscuro de mí misma perdiera gravedad en ese apresurado volar del tiempo...

Ya de amanecida, Ismael seguía acariciándome, pero yo no podía dormir. Rechazando sus caricias, me incorporé bruscamente y comencé a preparar el equipaje.

—¡Quiero que conozcas a mis hermanas! —le dije—. A veces parecen vírgenes muertas.

—Las conozco. Creo haberlas visto más de una vez por Aranjuez... Una es autista...

—Así es...

Ismael se sentó en la cama y, mientras yo preparaba el bolso de viaje, me confesó que ya había matado una vez. Desde entonces, la pistola dormía en el armario. Todo había empezado la noche en que encontró a su hermano y a su chica tirados en el suelo de la cocina... Pero prefiero reproducir desde el principio todo lo que me reveló.

16

EN VOZ DE ISMAEL

—Yo quería a mis hermanos —me aseguró aquella mañana Ismael—. No nos parecíamos demasiado, pero los extraños, cuando nos conocían, nos relacionaban. Advertían en nosotros ese aire de familia, casi imperceptible, que a pesar de las alteraciones genéticas perdura de generación en generación y nunca se pierde. Y en nuestro caso, ese único rasgo común sólo podía ser nuestra maldita mala suerte. Hasta su fuga a Barcelona, a los cuarenta y siete años, mi padre fue jardinero en Aranjuez, y allí vivíamos. Mi padre era un ser reconcentrado y ausente que más de una vez restauró el jardín del hombre al que quieres causarle la muerte. También te había visto a ti, como ya te he dicho, pero la niña que yo recordaba tenía muy poco que ver con la que apareció aquella noche ante mí y quizá por eso, aunque te amé desde el primer momento, no te reconocí. Pero vuelvo a mi vida junto a mis hermanos...

»Huido mi padre, mi madre trajo un nuevo hombre a casa. Nos lo presentó como a un buen hombre y decidimos confiar en su palabra. Estaba siempre borracho, pero me enseñó a jugar a cartas. Una noche se fue de casa dando un portazo y ya no lo volvimos a ver.

»Recuerdo que una vez le pegué. Nunca me ha gustado pegar a alguien mayor o más indefenso que yo, pero no pude evitarlo. Estaba bebido y le dio un bofetón a mi madre. Y yo ya había crecido lo suficiente para devolverlo, o al menos eso era lo que yo creía.

»Tenía trece años cuando pegué al amigo de mi madre, pero él no se defendió, simplemente se quedó mirándome sorprendido, nada más. Después se marchó maldiciéndonos, como tantas otras veces, en dirección al bar, pero aquél sería el último portazo que daría en la puerta de nuestra casa. A partir de entonces fue mi madre la única que nos alimentó, a costa de trabajar más de diez horas al día barriendo andenes de metro, pero seguimos conservando la pequeña casa de Aranjuez (que anteriormente había sido una cabaña de jardinero) en la que pasábamos buena parte del verano.

»Tuve que dejar mis estudios, aunque reconozco que nunca fui un buen estudiante. Yo a lo único a que aspiraba era a poder volar y, siempre que podía, ocupaba mi tiempo libre viendo despegar y aterrizar los aviones en el aeropuerto.

»Pero no pude ser piloto y me quedé en tierra, e hice de chico de los recados, de camarero, de portero de un local nocturno, y hasta de guardaespaldas de un tipo complicado.

»A mis hermanos nunca les faltó de nada, o casi nada. Iban a la escuela como los otros chicos de su edad. Bien alimentados, bien vestidos y bien peinados, para que nadie los mirara por encima del hombro, con la mirada de los indignos que yo ya conocía, pero para la que ellos todavía no estaban preparados.

»Siempre que podía permitírmelo les daba algún capricho, pero había algo que los demás niños tenían y a ellos les faltaba: compañía, pues pasaban parte del día solos en casa.

»La mucha compañía que se hicieron el uno al otro los acabó enemistando, convirtiéndolos en seres opuestos. Gabriel se recogía en casa y pasaba el tiempo estudiando en su cuarto, y Abel empezó a callejear cada vez más. Hasta que un día me llamaron del instituto para avisarme de que hacía tres meses que no aparecía por clase.

»Todavía le veo. Estaba empachado de ver películas del Oeste y se paseaba por la casa con un sombrero de vaquero, adquiriendo posturas de *cowboy* mientras hacía girar entre los dedos un revólver.

»Luego conoció a una chica hija de drogadictos. Me confesó que desde la tarde en que la vio por primera vez en un bar de Lavapiés sólo pensaba en ella.

»Un verano se largaron por ahí, sin dinero y sin

rumbo. Durante un tiempo no tuve noticias suyas. Los estuve buscando pero no los encontré, hasta que una madrugada aparecieron por casa. Él seguía llevando su sombrero de vaquero, pero su aspecto me alarmó. Al parecer se habían enganchado a la heroína, y como los padres de la chica, enganchados desde hacía diez años, se desentendieron de la situación se quedaron a vivir en casa.

»Hice todo lo posible para sacarlos de aquel infierno, y hasta me pinché con mi hermano durante unos días para demostrarles que se podía prescindir de aquella mierda. Y cuando al fin consiguieron desengancharse y todo volvía a la normalidad, Gabriel los encontró tirados en el suelo de la cocina.

»Estaban fríos, azules, rígidos, y mi hermano todavía tenía clavada en su vena la jeringuilla. Abel tenía diecisiete años y ella dieciséis. O mejor dicho: ya no tenían tiempo y acababan de nacer al revés. Así que le compré una pistola a un policía arruinado que acababa de perderlo todo en mi ruleta, deposité en el cargador una bala y, ya en mi casa, hice girar el tambor. Cuando la ruleta paró, un sudor tan frío como el cañón con el que apuntaba mi sien, que seguía latiendo, me hizo temblar quizá por última vez. Pero no era el miedo ante la posibilidad de morir, era el vértigo anterior a la jugada, antes de que la suerte decida.

»Disparé y, como seguía vivo, pude comprobar que por esa vez la suerte había estado de mi parte.

Después fui a buscar al malnacido que había vendido la heroína adulterada a mi hermano, y cuando lo tuve frente a mí volví a hacer girar el tambor de mi pistola. Era lo justo; después le apunté y disparé.

»Pero no lo maté porque aquel indeseable había tenido tanta suerte como yo. Y cuando lo vi suplicando ante mí, chillando como un conejo asustado, sentí tanto asco que decidí alterar el curso del destino y disparé.

»Disparé y disparé hasta que la maldita bala salió directa a su corazón. En el cargador quedaba la otra bala. Sé que hice trampas, pero todo *croupier* sabe que hay un momento en la noche en que lo lícito es hacerlas...

»Tras la desaparición de mi hermano me arrojé al mundo, y conocí rincones oscuros y mujeres tan oscuras como esos rincones, y me vi involucrado en asuntos sucios.

»Me sentía condenado y como penitencia quise tocar fondo. Hasta que decidí que ya había pagado mi condena y volví a despegar. Fue entonces cuando me reencontré con mi hermano Gabriel, a quien me gustaba ver siempre que podía. Lo noté más distante que nunca, como si pretendiera estar fuera de la familia, completamente fuera. Quizá sentía que quienes le habían rodeado en Aranjuez y en Madrid eran seres propensos al desastre y no quería estar en contacto con el núcleo de la enfermedad. Lo entendí y sentí admiración por él, que ahora mismo se paga la vida y los estudios de medicina trabajando de enfermero nocturno en un hospital.

Todo eso me contó Ismael mientras fumaba interminables cigarrillos y yo llenaba de ropa el bolso de viaje. Al día siguiente ya estábamos junto a vosotras. ¿Recuerdas, Eva, el viaje que hicimos juntos a la ribera de las moreras, a nuestra ribera?... ¿Cómo no te vas a acordar? En ese viaje conociste de verdad a Ismael, y creo que hasta te enamoraste de él. La mañana en que llegamos a vuestra casa estabas sola con Lilith y con Lucía, la doméstica, y María, la niñera, mientras tu madre y nuestro padre se hallaban de viaje por Francia. Así que os arrancamos a ti y a Lilith hasta el fin de la noche, que resultó ser más clara que el día... Algún tiempo después, cuando ya empezaba a quedar lejos aquel viaje, Ismael me comentó con frecuencia que le parecisteis dos diosas silvestres, dos espíritus terribles. Que todavía seguía viendo los ojos de Lilith, incomprensibles, inalcanzables. Y que todavía te seguía viendo a ti, poniéndote sus camisetas y ruborizándote cada vez que te dirigías a él...

17

PAISAJE BOREAL

Recuerdo que Ismael conducía y tú te colocaste junto a él, pues Lilith estaba empeñada en ir a mi lado y no se despegó de mí en todo el viaje.

Os recuerdo con una nitidez hiriente... La dulce Lilith, mi amada Lilith...

¿Te acuerdas de cómo le chupaba la nuca a Ismael? Al principio se extrañó, pero luego se acostumbró a ella como nosotras. Creo que a Lilith le gustaba Ismael, a todas nos gustaba Ismael.

Ahora recuerdo que, durante el viaje, te quedaste dormida y empezaste a reír en sueños. Reías alegremente con los ojos cerrados. Al principio nos sobresaltamos, pero seguramente fueron esas risas las que animaron a Ismael a apretar el acelerador y aumentar la velocidad para llegar cuanto antes a nuestro destino.

¿Recuerdas lo bien que lo pasamos? La única ventaja de tener encima a la muerte, como una espada de Damocles, es la lucidez que te da para vivir el presente. La gente se olvida de que ella, la muerte, está siempre acechando, y por eso mismo también se olvida de vivir.

Era verano y hasta el sol sudaba y, para aliviarte del calor, me imitabas vistiéndote con las camisetas de tirantes de Ismael. Nos estaban tan grandes que nos servían de vestido, aunque a ti todavía te estaban más grandes que a mí. El hermano muerto de Ismael también había tenido la costumbre de cogerlas de su armario, y quizá por eso se te quedó mirando y me dijo que también tú le recordabas a él, que las tres le recordábamos a su hermano.

Recuerdo una de las veces que paramos para echar gasolina. Tú saliste del coche para estirar un poco las piernas; estabas empapada de sudor y la camiseta se te pegaba al cuerpo. El empleado de la gasolinera se quedó mirándote mientras cargaba el depósito, y tú le sonreíste; tenías la sonrisa fácil. Después nos miró a los demás y envidió nuestra suerte. Yo sé que envidió nuestra suerte porque ahora yo también la envidio.

Y tú seguías hablando de la ribera de las moreras con tal devoción que parecía un lugar mítico. A veces, cuando te inclinabas o hacías un gesto con el brazo, descubrías la rosa de un pezón. Y mientras te oía te miraba y pensaba que yo no necesitaba ir a ninguna parte para encontrarme en el cielo.

La gente vuela en los aviones, se sube a los trenes y viaja en barco ignorando que lo que buscan no está en otra parte... Y cuando nos perdimos empezamos a preguntar a unos y a otros por la ribera de las moreras, y algunos no habían oído hablar jamás de ese sitio, pero otros aseguraban conocerlo y nos mandaban de un extremo a otro...

Cuando al fin llegamos a una arboleda tras la cual el río se llenaba de flores acuáticas empezaste a gritar de alegría y a brincar entre las altas hierbas como una ménade pequeña y profundamente feliz.

Fue ése el momento más dichoso de mi vida, y deseé quedarme en ese lugar ideal formando una familia ideal. Y le supliqué a Ismael que fuera así siempre. Pero él negó con la cabeza y fue la segunda vez que vi llorar a un hombre.

La noche anterior la habíamos pasado en vela, y ya no podía quitarse a nuestro progenitor de la cabeza. Creo que os miraba con más amor que yo, y también con más rabia, y también con más felicidad.

Fueron en esos momentos únicos y gloriosos, viéndoos corretear, cuando recobré fuerzas y estuve segura de que su veredicto era acertado, era justo. Después me recordó que sus días estaban contados y yo tuve que renunciar a vosotras de nuevo.

Fue la última vez que nos vimos, amor, la última oportunidad que se nos concedió. Recuerda siempre esos momentos bajo los árboles, recuérdame siempre en ese momento, jugando con Lilith y haciendo hablar, también por última vez, al muñeco Jorge Juan.

¿Y del regreso... te acuerdas? Nos habíamos perdido por una carretera polvorienta que parecía no conducir a ningún sitio. Habíamos entrado en el reino de las sombras de la noche más negra y sólo parecían ampararnos las estrellas de la luna nueva cuando chocamos contra una sombra que se cruzó velozmente por delante nuestro, a traición, sin darnos tiempo a reaccionar, rompiendo en un doloroso estallido tan hiriente como aquellos ojos delatores, mirándonos segundos antes de que perdieran el brillo de la vida.

Después, siempre que cerraba los ojos, me parecía seguir viendo a Lilith, iluminada por los faros del coche con el guardabarros salpicado de sangre. Está postrada en el suelo, cobijando entre sus brazos aquella bestia herida de muerte. Y tú, ¿también puedes verla mientras me escuchas?

El animal acababa de expirar y Lilith lanzó un grito de loba herida, y empezó a golpearme con sus puños manchados de sangre.

La estoy viendo... con la camiseta blanca manchada de sangre y sus manos y sus piernas manchadas de sangre. Toda ella estaba manchada de sangre, maldiciendo nuestra suerte por haber sacrificado a un zorro. Después empezó a escarbar en la tierra con sus manos, hasta que las yemas de sus dedos le sangraron... Finalmente conseguimos convencerla de que era una tarea imposible para ella y permitió que fuera Ismael quien lo enterrara.

Y cuando acabó de amontonar piedras sobre el cadáver, improvisando así su tumba, ante la mirada vigilante de Lilith, me fui al coche para descansar. Y allí la esperé y la vi mover los labios, como si orase. Después buscó refugio en mis brazos y esperamos todos juntos a que amaneciera. Y cuando al fin se hizo la luz y empezaron a definirse los tenues contornos de las montañas, de las rocas y del río salimos del coche y corrimos a darnos un chapuzón.

Todavía estaba amaneciendo cuando nos zambullimos. El agua fresca iba diluyendo las manchas secas de sangre de nuestras ropas y de nuestras pieles. Y volvimos a perseguirnos y volvimos a sumergirnos en el agua.

Y cuando nos tumbamos sobre la hierba humedecida por el rocío supimos que había llegado el momento de regresar a nuestras vidas. Llorábamos todos como suplicantes, pero Lilith lloraba más que nosotras, y su agónica llantina de niña salvaje me llenaba de desazón

18

EL BOSQUE DEL CEBO

Un mes después de aquella separación, que yo sentí como una amputación, le escribí a nuestro padre la siguiente carta:

Tu veneno ha surtido efecto. Me he convertido en otra, me has convertido en otra, y quiero más veneno. Te estaré esperando hoy, a las diez de la noche, en la carretera de las acacias. Tus faros iluminarán mis piernas y sabrás que no te miento porque soy la puta, porque soy tu puta.

SARA

El lunes por la mañana, Ismael dejó la carta en el buzón de su oficina de la Gran Vía, y a las diez de la noche me coloqué en el lugar convenido de la carretera de las acacias, con una falda mínima, roja y elástica, y una blusa transparente.

En seguida escuché a mis espaldas un frenazo. Era él, y parecía transfigurado.

—¡Sube al coche, zorra! —gritó.

No le hice caso y corrí hacia el interior de la arboleda. Él me siguió e Ismael nos siguió a los dos.

Me llevaré conmigo aquella danza de tres personajes, me llevaré siempre aquel baile de luces y sombras en la arboleda que bordea la carretera de Aranjuez. Yo iba delante, corriendo como una posesa, y juraría que con los brazos abiertos. Y los focos de los coches iluminaban a veces los troncos negros y, muy fugazmente, alguna cara, quizá la de Ismael, que no había sido visto por Abram.

Me dejé atrapar. Mi padre me aprisionó contra un árbol y empezó a decir:

—Lo sabía. Sabía que ya antes de aquello estabas viciada, estabas perdida, Sara. ¿Fue por influencia de tu madre? ¿Qué te pasa? ¿Te has quedado paralizada? No creo... Más bien estás ardiendo...

—No, déjame, déjame... Quiero irme de aquí... —grité.

—Ni lo sueñes... Sabía que me ibas a necesitar, lo sabía... Sabía que me ibas a llamar... Pero te has excedido, Sara. Esta mañana sudaba al leer tu carta... No quiero que te vuelvas loca... ¿Me escuchas? Jugaremos, más que antes, mucho más, pero de otra forma, Sara. ¿Me escuchas?

Fue entonces cuando Ismael se acercó por detrás y, agarrándole del cabello, le colocó junto al cuello la hoja de una navaja de afeitar.

—El más mínimo movimiento y te degüello.

Abram se incorporó, impulsado por Ismael, que seguía amenazándole con la navaja. Los dos hombres ya se hallaban de pie cuando saqué de mi bolso una jeringa ya preparada.

—Te vamos a inyectar la droga de la verdad, para que confieses... O eso o te corto la yugular... —le escupió Ismael.

Mi padre sudaba copiosamente cuando le espeté la aguja, con decisión y frialdad. Se trataba de una buena dosis de heroína y se desplomó en seguida. Más tarde lo metimos en su coche y lo llevamos hasta una fábrica abandonada, más allá de los cañaverales y los invernaderos, junto a una esclusa y una vía muerta.

Fue allí donde le ordené a Ismael que lo rociara con gasolina y le prendiese fuego. Al principio se negó, pero finalmente obedeció.

En cuanto Abram sintió sobre su piel las llamas se incorporó gritando y empezó a correr por el inmenso hangar, iluminando sus paredes como una antorcha con piernas. Quería agarrarse a algo y se precipitó hacia mí. Yo le veía correr. Papá ardía de deseo hacia mí, como no había ardido nadie jamás. Sus ojos eran puro deseo, pura aniquilación, sus ojos eran dos carbunclos inmensos. Ardía de verdad, pero ya no podía alcanzarme. Tropezó contra una piedra, rodó por el suelo. Se volvió a levantar, salió del hangar, y corrió hasta una charca.

Murió entre las flores, en medio de una arboleda ya próxima al río, murió como los santos, oliendo a flores abrasadas y a incienso.

Como recordarás, unos albañiles encontraron el cadáver bajo la copa de una acacia, y la policía atribuyó su muerte a un ajuste de cuentas: no se equivocó.

Como ves, ocurrió lo que tenía que ocurrir y, en buena parte, fue Ismael el ejecutor. Y me enorgullecí de que hubiera sido así, y me quedé mirándolo y pensé que era mío, sólo mío, todo mío, y lo deseé como nunca, como a nadie, y supe cuánto me quería, igual que yo a vosotras, queridas mías... Se ha de amar mucho para tener el coraje de matar por alguien.

19

EN EL CAMINO

Sólo el frío impulsa el vuelo de las aves migratorias en su búsqueda hacia otros cielos más cálidos.

Sólo algunas bestias y algunos hombres sin recursos necesitan atravesar el mapa de un extremo a otro... Y a otros los mueve su afán por conquistar nuevas fronteras, por izar nuevas banderas.

Sólo la carencia nos vuelve nómadas, el vacío material y el otro vacío.

Sólo la culpa nos convierte en fugitivos.

Sólo a los muertos vivientes los arrastra el impulso de viajar, sienten la necesidad de moverse desde donde estaban hacia otro lugar, que siempre es el mismo... ¿Comprendes ahora lo que te digo?

Ahora que todo lo percibo no veo nada... Ahora que todo lo digo sólo tú me escuchas, Eva, sólo tú... Ahora que mentalmente estoy en todas partes no estoy en ningún sitio.

Todos mis recuerdos del viaje que hicimos tras el

sacrificio están, como fotografías hechas desde un coche, corridas por la velocidad.

Son imágenes en movimiento, entre las que sólo el rostro de Ismael permanece quieto.

Veo a mi izquierda unas manos al volante. Son manos de hombre, son sus manos. Y tras el cristal del parabrisas kilómetros y kilómetros de carretera, y en el pavimento de hormigón líneas blancas y señales que se iluminan con el reflejo de los focos.

Y una música de fondo, siempre la misma música, pues era la única casete que teníamos.

—Ponla otra vez... —me decía Ismael.

Yo le seguía la corriente, como si no hubiese pasado nada, y escuchaba cómo tarareaba las canciones mirando distraído las agujas del aceite y de la gasolina, y las luces rojas y verdes que se encendían y se apagaban.

Autopistas de día y autopistas de noche, con desvíos por donde escapábamos para detenernos a dormir en alguno de esos hoteles de carretera.

Y lo primero que hacíamos era meternos juntos en la bañera, para refrescarnos. Y no salíamos del agua hasta que se nos arrugaba la piel, y yo miraba mis manos imaginando cómo sería de vieja.

—¿Me querrás todavía? —pregunté tiritando, pero él no me respondió, no podía.

Recuerdo cuando nos detuvimos para recoger a una pareja de adolescentes que hacían autostop a la salida de un pueblo. El chico y la chica llevaban los mismos vaqueros, idénticos eran también sus cabellos cortos y negros y sus pieles quemadas por el sol. Parecían gemelos y sin embargo no eran hermanos.

—¡Parecen dos enamorados! —exclamé al verlos—. ¡Invítalos a viajar con nosotros, nos darán suerte!

Nuestro Romeo y nuestra Julieta estuvieron viajando con nosotros dos días. El chico apenas hablaba, pero cuando la muchacha nos cogió confianza nos contó que acababan de fugarse de sus casas.

Los invitamos a comer y a cenar, pero no permitieron que pagásemos la cuenta del hostal donde nos paramos a pasar la noche, y donde seguramente habían pasado su primera noche de amor.

El chico fue sacando una a una todas las monedas de su bolsillo, repleto del dinero que seguramente habían estado ahorrando, y cuando acabó de contarlas se guardó ceremoniosamente la factura del hotel.

Este gesto debió de gustarle a Ismael, que no cesó de sonreírles durante todo el trayecto, y sólo desviaba la mirada hacia el paisaje cuando se frotaban como dos cachorros salvajes.

Los invitamos a venir con nosotros, pero al atardecer del segundo día nos despedimos en un pueblo, un pueblo como cualquier otro pueblo, que únicamente se diferenciaba de los demás porque era el que ellos habían elegido para continuar solos su viaje.

No sé si nos dieron buena suerte o no. No había lugar para la huida ni para el arrepentimiento, así que decidimos volver a casa.

20

DOS QUE HAN MATADO ESTÁN CONDENADOS A AMARSE PORQUE SÓLO EL AMOR REDIME EL SACRIFICIO DE LA SANGRE

La vida se abría como una llamarada, la noche dejaba de tener límites. Todas las suertes estaban echadas, todas las ruletas giraban en mi cabeza.

Continuamos nuestro viaje, pero no pretendíamos huir, y ya no volvimos a hablar de ello. Fue un breve pero intenso espacio de tiempo en el que sentí que nacía y moría con cada instante, y fui consciente de que se nos había brindado una oportunidad que sólo se le concede a unos pocos privilegiados.

Y no me importó que fuese así, no me importó, no. Y me pareció justo pagar un precio. Como tampoco me importó el hecho de que ni entonces ni después hiciésemos el amor. Habíamos llegado a un tipo de fraternidad intensa y etérea, parecida a la que conocen a veces los yonquis, y nos bastaba con tocarnos con las yemas de los dedos mientras nos bebíamos con la mirada.

Fue por esos días cuando Ismael me presentó a su hermano menor, Gabriel. Lo encontré una tarde en su casa y me pareció un muchacho extraño y cautivador, de una fragilidad exquisita. Hablaba en un registro muy bajo y miraba con una gran dulzura.

No mucho después, Ismael enfermó; yo lo sabía, pero preferí no comentárselo. Además, tampoco me parecía que esa trivialidad pudiera ya alterar el estado de nuestra situación. Y él disimulaba para mí y él tenía el valor de mentirme.

Hasta entonces había tenido que soportar las pesadas verdades de los hombres mientras me engañaban. Y él, que era todo verdad, tenía la generosidad de mentirme para no herirme. Y mientras le veía debilitarse y consumirse se engrandecía ante mis ojos.

Y cuando aquel día se despidió de mí sudando por la fiebre, yo me quedé temblando, temerosa de que ya hubiese empezado la última cuenta atrás. Y me quedé montando guardia frente a la puerta y junto al teléfono, esperando que me diese una señal de vida.

21

EL POZO

Al fin me llamó. Todavía sigue resonando el eco de una voz dolida, agonizando en el pabellón de mis oídos, todavía sube y baja atropelladamente por la escalera de caracol que llega a mi cerebro. Me dijo que se sentía muy mal y que le iban a hacer varios análisis, y yo no tuve más que coger el último ascensor del hospital para subir al cielo. No tuve más que apretar el botón de la penúltima planta para despegar el vuelo... Uno... Dos... Tres... Cuatro... Cinco... El miedo se condensó en mi estómago cuando el sexto botón rojo se iluminó...

Quizá Ismael había salido a recibirme, pero yo no le vi. Él había salido a saludarme, pero yo no le oí... Él había salido a abrazarme, pero yo no sentí el contacto de sus besos. Él había estado esperándome junto a la salida del ascensor, pero yo no me di cuenta y pasé de largo.

Por el pasillo transitaban los pacientes como ángeles heridos a punto de echarse a volar, pacientemente, cronometrando los segundos, contando los días, pesando el rastro que iban dejando sus cuerpos, organizando sus fuerzas para una batalla desigual.

Por el pasillo arrastraban sus espíritus disfrazados con batas azules, se cruzaban conmigo y me rozaban la piel produciéndome un escalofrío. Me miraban de reojo y me lanzaban sonrisas que caían al suelo antes de acertar en el blanco de mi boca.

Todas las ventanas estaban abiertas y el aire hacía vibrar los blancos visillos, los camisones blancos y las blancas sábanas, y a mi paso los enfermos se tapaban la boca con la mano para que yo no pudiera oír el secreto que iban pasándose en cadena de uno a otro.

Se abrió la última puerta y la corriente desordenó las palabras que corrían de boca en boca.

—¿Cómo?

—Ha sido un derrame cerebral. Le dio de pronto cuando le estaban haciendo unas pruebas...

Unos enfermeros arrastraban una camilla, bajo un manto blanco yacía modelado un perfil blanco..., sin ojos..., sin nombre..., sin vida.

Traspasé el umbral de la habitación donde me habían dicho que se hallaba Ismael, y mi corazón se aceleró cuando mis ojos chocaron con los de un joven reducido a casi nada.

Tras un biombo blanco resonaba una respiración, su respiración.

Veo al hombre, veo a mi hombre. Ya no es más que un pulmón desconectado del pulmón de la vida.

Su cuerpo es el de un caballo que relincha antes de ser sacrificado; pero él ya no está en ese cuerpo, pero yo ya no estoy en ese cuerpo; ya nadie podrá estar en ese cuerpo, no más, nunca más.

Veo a la mujer, me estoy viendo, arrojándome al torso desnudo entre las sábanas, purificándolo con mis besos, limpiándolo con mis lágrimas.

Un hombre vestido de blanco se acerca y me dice que ha entrado en coma, que ya no puede oírme, que ya no puede verme, que ya no siente.

Mienten, mienten; puedo verlo deslizándose por mis hombros y cayendo por mis brazos... Pero no puedo sentirlo. ¿Por qué?... ¿Por qué no puedo sentirlo?

22

SILENCIO

Pasaban las horas y pasaba la estruendosa respiración de Ismael. Pasaban los enfermeros tomándole el pulso, controlando sus constantes vitales, midiendo el suero que quedaba en el frasco de vidrio. La muerte pasaba de largo y se coló en la habitación contigua, de donde salieron unos sollozos.

Y yo tardé en darme cuenta de que me encontraba en la antesala de la muerte. Yo tardé en reconocerlo porque creía que sería un lugar frío y nublado. Pero era todo lo contrario: en la antesala de la muerte el alma escupía toda su animalidad, el alma vomitaba sangre, sudor, orina y heces... El alma rechazaba la carne y expulsaba a la bestia.

Pero no me conformé sólo con estar allí. Quise ser la única que cuidase de ese cuerpo. La única que lavase su torso y perfumase sus cabellos. Quien secara el sudor de su frente y le limpiara la nariz y la boca para que no se ahogara.

Viví dos noches pendiente de la intensidad de la

respiración que iba perdiendo fuerza. Pero a medida que se iba apagando se sentía otra fuerza en sus entrañas, como si empezase a vibrar muy quedamente el diapasón más recóndito de su ser.

Veo el torso desnudo del hombre que amé, del hombre que amo, humillado en el instante de su implacable rendición. Un sonido gutural sale de su garganta, ha dejado de respirar, su pulso se ha parado... Imágenes eléctricas de sus recuerdos todavía circulan por las fibras de su cerebro...

No pudimos tener lo que deseábamos, pero mis días a su lado me llenaron más que todas las vidas vividas..., más que todas las que seguramente me quedan por vivir.

He aquí el resumen de su vida. Míos fueron sus mejores y peores momentos. Y cabalgando entre todos ellos un solo recuerdo fundamental: la electricidad que nos envolvía aquella noche en que nuestras conciencias se juntaron.

Veo al hombre, veo su cuello de cisne quebrado, su boca abierta de pez. Ahora su cuerpo es el de un animal vencido..., muerto.

Pero yo no quería creerlo, hasta que al fin su rigidez me convenció, y aullé como nuestra Lilith las noches de lluvia y de tormenta. Mis gritos alertaron a una manada de médicos y enfermeras que empezaron a revolotear alrededor de su cadáver exclamando:

—¡Está muerto!

—¡Sí!...

—¡Muerto!

—¡Muerto!

Y yo me pregunté: ¿Será cierto? Y él, que seguramente contemplaba aquel cuerpo recién desalojado desde arriba, también se estaría preguntando: ¿Estaré muerto?

Me quedé noche y día velando su cadáver, ignorando mi propio cuerpo, hasta que estuvo todo preparado para el funeral. Sobre su mesilla de noche se hallaba un pequeño magnetofón con el que Ismael había grabado lo siguiente:

23

EN VOZ DE ISMAEL (2)

«Decía el general Sun Tzu en un libro que leí cuando me estaba adentrando en el mundo de los *croupiers* que los recursos de los expertos en métodos heterodoxos son infinitos como el cielo y la tierra, inagotables como los grandes ríos. Cuando llegan a un final empiezan de nuevo como los días y los meses; mueren y renacen como las cuatro estaciones.

»Algo ha entrado en mis células, algo las está matando. Es una guerra larga, pero el enemigo sabe esperar... Su estrategia es infalible... Como un espía se ha infiltrado entre mis tropas, envenenando el ambiente, convirtiendo en enemigos a mis propios agentes y soldados... Y ataca allí donde ya no me quedan defensas...

»Yo que empezaba a conocer las delicias de la felicidad... Yo que empezaba a saborear las mieles del verdadero deseo... Yo que aspiraba a una vida mejor, a una vida con ella, a una vida, al menos...

»Yo que tenía otros proyectos..., pero ya se sabe

que los grandes estrategas atacan siempre mientras sus enemigos están proyectando sus planes... Yo soy el enemigo y él es el invasor. Me ha declarado la guerra... a mi pesar... Hemos entablado una batalla, y su victoria está cantada, ya que me ha cogido por sorpresa... Ganar para él ya sólo es cuestión de tiempo.

»Sara aún no sabe que hace cinco noches estuvimos bailando por última vez, y tampoco sabe que estábamos bailando la danza de los muertos. Yo era la muerte danzando con la mujer sin sombra, y no podía evitar perseguirla, no, no podía. Iría con ella a cualquier parte, iría con ella al infierno.

»Cuando ella me sacó a bailar y posó sus manos en mi nuca, calcinando mi cuello como dos pájaros de fuego. Yo conocí el placer de la muerte dulce, mi placer.

»Mientras se movía pegada a mí, yo olvidaba que el suelo que pisábamos era de fino cristal y que empezaba a resquebrajarse. Tampoco ella sabía que estaba abrazando a su enemigo y que en realidad estábamos bailando tres. O quizá sí lo sabía y era ése su deseo, su único deseo: danzar conmigo y con la muerte.

»Sara reía, y conseguía enloquecerme con sus risas. Yo era la muerte enamorada de la vida, deseando a la mujer que reía. Ella escuchaba mis latidos y pretendía ignorar que ya hacía tiempo que había empezado la cuenta atrás...

»Ya se sabe que toda operación militar implica astucia en el arte del engaño, y yo sólo he sabido mentir cuando dirigía el juego en el casino... Cualquiera se habría dado cuenta de lo que estaba sucediendo... Cualquiera, menos ella... Todos se percataban de mi repentino y progresivo adelgazamiento... Todos, menos ella...

»He dicho que no sabía mentir, y quizá por eso soy un perdedor... Pero Sara no sabía desconfiar, no podía... Rara vez se ha preocupado por desenmascarar a los otros, más bien al contrario... Creo que agradece las mentiras como si fuesen una muestra de generosidad y de buen gusto...

»Aunque debo confesar que a veces he sospechado que es ella quien me está engañando a mí y que me sigue la corriente para que el dolor no se me haga más presente... Para mí la idea de la muerte está ya asociada exclusivamente al pánico de no volver a verla... Todos tenemos una caja negra en el interior de nuestra conciencia, como los aviones, en la que van quedando registrados todos los datos de nuestro inconsciente, hasta los más ocultos y los más oscuros... Una caja que sólo puede abrirse en caso de accidente, a veces, y de fallecimiento, siempre... Pero yo ya empiezo a conocer el contenido de mi caja negra, y eso me asusta.

»Una corona de humo es arrastrada por el aire... Gira como un satélite en el espacio, va perdiendo forma y su tono blanquecino se va difuminando a medida que se va alejando, hasta desaparecer como un recuerdo, y después otra corona, y otra, y otra salen por la puerta entreabierta de uno de los consultorios, donde alguien está fumando... Tal vez está esperando una noticia y fuma para ahuyentar los malos presagios... Yo, que espero junto a otros en la sala, observo los aros y me entretengo deseándole buena suerte.

»El último aro acaba de chocar contra la pared cuando la enfermera me anuncia y entro en uno de los consultorios... Es entonces cuando me dicen que ya no puedo volver a casa y que debo permanecer ingresado hasta nueva orden...

»Me he derrumbado... A veces ocurre: te partes... O mejor: te das cuenta de que estás partido... Eres consciente de tus trozos, y es una certeza definitiva y asesina...

»No quiero que ella note mi desmoronamiento y al mismo tiempo necesito verla... Necesito decirle que he puesto mis pocas posesiones a su nombre, para que no la engañen... Necesito decirle que la he amado como no se puede amar, como no se ha amado, como a nada, como a nadie...

»Los médicos no dejan de presionarme para que la avise, alertándome de que hay algo en mí que empieza a ser incontrolable... Y debe de ser cierto porque en mis delirios a veces creo que estoy en el infierno y que Sara me sale al encuentro...

»Y entre las brumas rojas ella vuelve a bailar para mí.

»Un círculo de luz la ilumina.

»Se ondula en el aire repitiendo siempre el mismo movimiento, no sabe hacer otro... Da un salto, se inclina un poco, languidece y se deja caer girando como un desmayo... No sabe hacer otro, pero ese mismo gesto, saturado de cadencia y repetido hasta la extenuación al son de la misma música, corta el aliento de todos los condenados que la están mirando.

»—Mírala, mírala... Baila con los ojos cerrados...

»Se abandona y cae, se abandona y cae. Parece una loca, entregada a ese obsesivo movimiento...

»Me resisto a llamarla y sé que cada paso que ya no doy (y cada paso que doy) es una apuesta que arrastra a las otras apuestas como el hueso falso que siguen los galgos en los canódromos... Es algo que sabe todo *croupier.*

»Y también sé que estoy haciendo trampas, con el agravante máximo de que es mi propio juego el que estoy saboteando; me merezco un premio absoluto, definitivo; me merezco la nada... Y, por más que me asombre, la nada está a punto de caer sobre mi cabeza con una violencia parecida al cero de la ruleta sobre el cerebro de un jugador arruinado y desesperado. No, esto es cinismo. Y os juro que a veces el cinismo es el mejor freno a los excesos de la tristeza y a la desolación de saber que ahora sí que tus pasos están contados... Los recuerdos se agitan... Infinitas instantáneas que desembocan unas en otras... Basta con evocarlas para que giren y giren, y aparezcan los tonos tornasolados y las formas se hagan reconocibles...

»—Me gusta ver bailar a esa condenada.

»—Y a mí...

»—No es una gran bailarina.

»—No, no lo es.

»—Es como un imán que atrae todas las miradas de los condenados...

»—De todos los condenados que esperan un gesto...

»—Ése es el único secreto de su danza.

»—Mira, ahora danza sobre tu cabeza...

»—Y en tus ojos. La veo en tus ojos, y sigue danzando...

»—Ahora somos otros.

»—Ahora somos ella.

»Estoy delirando, estoy hablando sólo conmigo mismo y por eso tengo diez bocas y cien oídos, y por eso soy legión.

»El eco repitiendo el canto de un niño en el desierto... Un potro salvaje trotando en las tierras rocosas junto a los acantilados... La nieve deshaciéndose en las colinas... Y una estrella fugaz rajando la piel de batracio de la noche...

»Son algunas de las pruebas tangibles de que la belleza es real y de que no sólo es una idea, pero... ¿quién puede darme una prueba de que el amor es vivible?

»Porque no son esas risas que reverberan en cada esquina y estallan en los cristales, ni la sinfonía cadenciosa de suspiros y latidos... Así que no sintáis pena por Sara ni por mí, no seáis tan necios. Porque sólo yo tengo la prueba de ese extraño gozo, de ese raro frenesí.

»Puedo nacer y morir no una, sino cien, mil, un millón de veces... ¡infinitas!..., hasta el final de los tiempos, cuando todo se funda en el vacío y se cierre el gran ciclo...

»Y puedo esperar a que todo vuelva a empezar desde el origen y revivir, desde el principio, los únicos momentos que realmente viví.

»O puedo quedarme aquí con vosotras, voces amigas; en este lugar inconcreto del espacio y el tiempo, donde todo se puede ver sin ser visto, donde se puede sentir sin sentirlo, donde se puede vivir sin estar vivo..., donde puedo amarla sin rozarla, sabiéndola lejos, muy lejos...

»Al principio no era mía, pero qué importa, lo fue después, en ese breve espacio de tiempo que ya durará siempre...

»Nadie como yo saboreó sus besos, ni la amó como yo la amé, pero... ¿quién juega con nosotros? ¿Quién se divierte a nuestra costa?... ¿Qué espacio se nos ocultó?... ¿Quién se interpuso entre nuestros pensamientos antes, mucho antes de ahora?»

24

MISTERIOS DOLOROSOS

Querida Eva, vuelvo a ti para decirte que sólo Gabriel y yo asistimos al entierro de Ismael, ya que su madre se hallaba en el hospital, saliendo de un coma etílico. Cuando acabó la brevísima ceremonia, Gabriel se despidió llorando de mí. Según me dijo, debía irse inmediatamente, pues tenía un examen. Seguro que era verdad, pero cuando le vi alejarse por una avenida del cementerio, pensé que en realidad tenía prisa por escapar de aquella dimensión del desastre. Gabriel desapareció tras los cipreses y me quedé un rato sola ante el nicho, sola ante el barranco de las vírgenes de Argos.

Sé que Ismael deseaba que volviera a casa, a nuestra casa, donde me aguardaba su recuerdo. Pero él ya estaba al otro lado de la frontera. A la salida del cementerio me enjugué las lágrimas y corrí como una endemoniada, presa de un amor que seguía vivo. ¿Por qué no había quedado sepultado junto a él? ¿Por qué seguía viviendo si él ya no podía tenerme? ¿O me tenía más que nunca?

Pasé de largo ante nuestra puerta y entré en la cantina contigua a la casa de la muerte, quiero decir: en la cantina contigua a nuestra casa, con la imposible esperanza de volver a encontrarle.

Sólo yo podía verle a él igual que él me veía a mí, y para vengarme quise que me viera sola entre los hombres, hombres vivos, hombres exhalando aliento a hombre, hombres de carne, y eso fue para él la peor de las torturas.

Algunos me reconocieron, pero callaron al verme en aquel estado. En el *juke-box* seguía sonando nuestra canción, y bailé sola una danza fúnebre... Y bailé con muchos... Y me dejé abrazar mientras cantaba:

Ya sólo puedo acabar la noche
donde mis amigos brindan
con sus amigos muertos.

Ya sólo puedo emborracharme en la cantina contigua a la casa de la muerte, pensé. Donde el aire está demasiado contaminado de pasado para repudiar mi nostalgia. Donde se rompen las copas usadas antes de beber la última ronda. Y las lenguas de cristal estallan esparciéndose en promesas imposibles hechas añicos. Sólo allí puedo andar descalza sobre los sueños cortantes sin sentir dolor. Sólo allí puedo danzar con el fantasma de mi amante muerto y nadie, nadie se atreve a decir que bailo sola.

Todos brindaron conmigo sin saber qué estaban celebrando. Diez copas saltaron por los aires en esa noche de locura contagiosa..., esa última noche.

Estaban a punto de cerrar el local y yo no cesaba de toser y la fiebre me hacía temblar, hasta que sentí en los hombros el peso de una chaqueta ajena que alguien se había sacado para abrigarme, pero no quise girarme cuando me caldeó la nuca el aliento de una voz amiga.

—Debería irse a casa —me aconsejó— y esperar a que amanezca otro día mejor que éste para usted.

Y subí la escalera corriendo con una sola idea. Él trataba de quitármela de la cabeza y suplicaba que no. Desde su limbo se esforzaba por cambiar mi destino. Quería desprogramarme, quería paralizarme, provocándome un cortocircuito. Pero sus pensamientos eran niebla, eran nada en la absoluta luz de mi cerebro.

Fue un solo instante, pero desde mi perspectiva un solo segundo podía alargarse más que toda una vida. Llegué a casa, me dirigí hacia el armario y me subí en una silla.

Él empezó a desvanecerse. No quería que ésa fuese su culpa después de muerto, su maldición. La condena sería demasiado larga, demasiado negra...

Pero yo no le hice caso y rebusqué en la parte superior del armario, hasta que mi mano tropezó con su pistola. Sin bajarme de la silla, empuñé el arma, me introduje el cañón en la boca y... ¡disparé!

La casualidad quiso que no quedara ninguna bala en su pistola, y sólo sentí en mi paladar el aliento de un beso que sabía a metal y muerte, pero nada más.

—¡Maldita sea mi suerte! Sí, maldita, maldita sea —grité.

25

LA PROFECÍA

Querida Eva, ¿recuerdas la carta que te envié desde el hotel La Rana Verde? En ella te decía que me había tirado en la cama y me había quedado como muerta no sé cuántas horas. También te decía que había tenido un sueño muy largo, un sueño profético de vírgenes griegas que se tiraban a un barranco porque una vieja les mostraba un espejo en el que veían, más que su vejez, toda su memoria: la de su vida presente y la de otras muchas vidas anteriores. Y ante ese abismo no podían resistir la tentación de desaparecer. Me desperté con un poema en la cabeza y comprendí que aquella casa era el espejo de mi memoria, el intolerable espejo de los días felices con Ismael, de los días extremos, y recordé aquella ribera.

Entonces me acerqué a la mesa y, en una situación parecida al trance, empecé a escribir este poema:

He oído junto al abismo a las vírgenes suicidas

Voy a mi ciudad, la ciudad infame,
bordeando el acantilado del que se arrojaron
las vírgenes suicidas.

Oigo sus voces, gritando mi nombre, muy lejos
y muy cerca. Me tientan y gritan
que me arroje confiada, jurándome que acudirán a mi caída
rescatándome del valle de la muerte
donde ellas reposan para siempre
y hacen brotar flores negras en la hierba.

El hombre que amaba se ha marchado,
aquel que manipulaba celosamente la llave de mi conciencia.
Y ya no vale nada, no soy nadie,
más me valiera arrojarme al agua
para que se alimenten los peces.

¡Ah vosotras... hijas de la noche en llamas!
Estrechadme entre vuestras alas salpicadas de sangre
y llevadme estremecida al paraíso negro y maldito...
donde él me espera...

Voy a la ciudad, la ciudad doliente, y oigo voces
gritando mi nombre, muy lejos y muy cerca,
muy lejos y muy cerca.

Desde la más pura certeza que ahora preside mi memoria no te aconsejo seguir mis pasos, hermana mía. No los sigas, no.

Tampoco sigas los pasos de Lilith. Ella vivió en una isla de impresiones líquidas y temblores profundos, y yo me voy a un lugar donde, probablemente, sólo habita el olvido. Pero tú tienes que ser nuestra memoria, Eva, y no puedes claudicar. Si tú no vives, corazón, y no conservas nuestros recuerdos como diamantes que te harán crecer, nadie hablará de nosotras y una vez más quedarán reducidos a sombras los sollozos, los recuerdos, el vértigo y la agonía de las hijas de la noche en llamas. Atrévete a mirar sin miedo el espejo de la bruja, y nuestra memoria será la tuya, y tu memoria será la nuestra en el país de las sombras.

Dicen que los deseos que pronuncia un condenado antes de morir siempre se cumplen. Y yo sólo deseé que jamás olvidaras que ya os quería antes de haberos conocido.

MEMORIA DE LILITH

Me llamo Lilith y estoy muerta.

No es la primera vez que he muerto ni será la última. He muerto ya otras veces y seguiré muriendo hasta que se acabe el tiempo.

Mi hermana mayor, mi medio hermana, la hija de nuestro padre, se llamaba Sara, y también está muerta. En cambio, Eva, la pequeña, sigue viva. Pero no es la primera vez que vive, aunque no lo recuerde. Ha vivido ya otras veces y seguirá viviendo, y seguirá olvidando, porque es una olvidadiza.

Ayer me ahogué en el río cuando celebrábamos mi cumpleaños, y hoy los mismos invitados asisten a mi entierro.

No me gusta el vestido blanco con el que me han amortajado, ni el rancio perfume de almizcle, ni el maquillaje de muñeca de cera con el que han querido enmascarar mi muerte, la muerte...

Pero lo más desagradable ha sido el rumor que circulaba de boca en boca, como el de un pájaro agonizante que cayera en picado hasta llegar a los oídos de mi madre:

—Parece un ángel...

—Un ángel dormido...

—Un ángel autista...

—La culpa fue de Sara... La incomprensible Lilith la adoraba y decidió seguir sus pasos...

—¿Tú crees que se enteró?

—No me cabe la menor duda...

Mi madre no puede, no quiere oír lo que dicen de mí. Hablan de su hija la autista, su hija la suicida..., pero yo sí que puedo. Ahora estoy sorda, y sin embargo escucho sus mezquinas palabras y sus lamentos y sus rezos.

Ahora estoy ciega, y sin embargo puedo observarlos, y me entristece verlos cargando con sus vidas como si arrastrasen el cadáver de un animal humillado.

Estoy muerta, pero sigo viviendo de una extraña manera. Y puedo sentir a los vivos, y sumergirme en sus pensamientos de alas rotas, y puedo olerlos, y me repele su olor a carne que estando viva parece muerta, y estando muerta parece viva.

Mi madre llora, pero sus lágrimas están muy lejos de convencerme. Al fin y al cabo he habitado el nido frío de su vientre, y antes de esta muerte me ahogué muchas veces en la corriente helada de sus entrañas.

Mi distinguido padre murió hace algún tiempo en circunstancias extrañas... Todavía estaba tibio su cadáver cuando mamá, que nunca se atrevió a estar sola, ya lo había sustituido por otro hombre. Y qué no haría mamá por retener a un hombre como el que ahora le acompaña, tan sustituible, tan previsible como el futuro marido que la está observando de soslayo.

Mi madre aprieta los puños y los dientes; se muerde los labios hasta sangrar. A partir de ahora, cada vez que suba con su amante a aquella habitación cuyos cojines le resultan tan excitantes, y que yo conozco bien, sentirá que con mi muerte la he librado de una carga. Y su alivio y el remordimiento de su alivio serán la prueba de su ignorancia.

Porque yo no me habré ido, y seguiré allí, y seguiré en todas partes, y aunque explore con desesperación los pliegues de su amante, buscando una morada en la que ocultarse, no podrá librarse de mí.

Y la veré fornicar como un animal en celo, y oiré sus jadeos, y sus suspiros, y sus gemidos. Y volveré a sentir lástima, pero sólo eso.

No me gusta mi funeral. No me gusta la forma con que me están diciendo adiós. No me gusta lo que piensan de mí. No me gustan sus vidas. No me gustan sus ojos y sus dientes.

Ahora me parecen más animales que antes, habitando una jungla más oscura que antes. Todavía más.

Eva también me acompaña. ¿Por qué la muy insensata ha decidido ponerse un vestido blanco idéntico al mío? Estos siniestros detalles de pésimo gusto son el cuño de la familia.

Pero Eva está al otro lado de la línea de la vida, mirando mi ataúd blanco como una gacela acobardada, sin entender nada, pero sintiéndolo todo. Yo en cambio estoy aquí, en un lugar indeterminado del espacio y el tiempo, con los ojos inmensamente abiertos, inmensamente vivos, sin sentir nada, pero comprendiéndolo todo. Al revés que mi hermana.

De siempre han dicho que me parecía a mi madre y que de no haber sido por mi enfermedad hubiésemos sido idénticas, e idénticos nuestros cabellos casi albinos, como nuestros ojos cuando miraban hacia dentro. Sólo que mi mirada se fue perdiendo y ya nunca supe encontrar el camino de vuelta. Pero se equivocaban los que proclamaban el parecido entre mi madre y yo. En el interior de la hembra que me trajo al mundo sólo hay niebla y silencio. No hay nadie, no hay nada. Sólo la sombra de la conciencia, más que la conciencia en sí.

En cambio yo soy toda yo, en cambio yo soy toda mundo. Dentro de mí estoy yo, y está ella, y estamos todos los que fuimos y los que seremos. Yo, perdonadme, soy toda la niebla, soy todos los muertos, soy todo el silencio.

Y Eva ¿quién es? Siempre dijeron que se parecía a mi padre, pero tampoco es cierto. Siempre dijeron que Eva era tan extravertida y tan despierta como nuestro progenitor. Ignoran que cuando miran así a mi hermana la condenan a no existir. Además, yo sé que Eva no es así. Eva sólo se encuentra a sí misma cuando no es ella: cuando es otra y se atreve a recordar...

Ahora Eva se ha acercado a mamá, y ella ha cogido su mano y la ha apretado con fuerza.

Supongo que para una madre enterrar a una hija es el peor castigo que una mente humana puede soportar, el más temido, como si sólo pudiese deberse a causa de algún fallo cósmico, de algún desgarro en las leyes de la naturaleza o de una injusta decisión divina.

Yo que he sido muchos, muchos otros y muchas otras, he sentido ese dolor, ese fuego lo he sentido en todas mis pieles y lo he padecido tantas veces como vidas he tenido, he llorado por la madre difunta, a veces, y otras por la muerte de la hija. Hasta que fui Lilith y recuperé mi memoria. Entonces padecí ese otro dolor, ese otro duelo, y las pérdidas de mis otros yoes coagularon todas mis lágrimas.

Pero desde el lugar donde me hallo, el dolor no existe y desaparece la noción del miedo, a la vez que se agranda la profundidad de la mirada.

Por eso puedo saber que el luto que tan solemnemente lleva mi ignorante madre no es por mí, sino por sí misma, por todas esas vidas que la precedieron, por todas esas veces que vio la terrible o liberadora faz de la muerte, y por el temor que le produjo ese nuevo tránsito a otra existencia más amarga, o más benigna.

Y por eso también puedo desentrañar el secreto de mi difunto padre, finalmente. Ya no está aquí porque lo mató Sara, o mejor debiera decir que lo mató Ismael, pero ya para entonces él era ella y ella era él.

No necesito estar muerta para saberlo, como tampoco necesito leer la carta que le escribió a Eva, aunque la leí. Mis ignorantes padres ignoraban que yo sabía leer y que podía asimilar toda una página con una sola mirada, como lo ignoraban todo. Por eso me sé de memoria todos los cuentos que me contó Sara, y los que no me contó también.

Yo sabía que papá había violado a Sara desde antes de que sucediera..., a la líquida Sara que me regaló a Jorge Juan. Pero Jorge Juan enmudeció cuando Sara se fue y ahora está muerto y bien muerto, como yo.

Jorge Juan quiso acompañarme en mi último viaje y ahora está medio deshecho como un leproso, flotando sobre las aguas del río, mientras lo van picoteando los peces... Pobre Jorge Juan y pobre Sara. Papá la violó... Sucedió una noche de aquel verano, unos aullidos me despertaron, me asomé a la ventana y lo comprendí todo... En el jardín, un gato seguía a una gata, la atrapaba y comenzaba a morderla salvajemente mientras se agitaba sobre ella. La gata gemía pero el gato seguía mordiéndola y aplastándola con su cuerpo...

Papá hizo lo mismo con Sara... El mismo aroma extraño y penetrante de carnes y fluidos fundiéndose, que llegaba desde los matorrales, venía hasta mí desde el piso de arriba, donde casi todos dormían... Sara... Sara, no pude hacer nada por evitarlo, aunque lo intenté, sí, lo intenté tanto como hablar contigo; pero no pude, no.

Me alegró que Sara matara a ese ilustre abogado, que en seguida dejó de hacerme caso y que cuando me lo hizo fue peor. Un hombre corrupto, como tantos de su oficio, y que tanto brillo póstumo dio a nuestro polvoriento y desgastado abolengo. ¿Por qué era sagaz? ¿Por qué era rápido? ¿Por qué era inteligente? Sólo hay una respuesta: porque no tenía memoria, porque no recordaba, porque, aun estando vivo, estaba íntimamente muerto, íntimamente ciego. Y claro, todos suponen que su cerebro y el de Eva vienen a ser el mismo cerebro muerto, o tal vez congelado. Siguiendo esa suposición, Eva estaría programada para acumular muchos datos y para responder de inmediato a toda clase de problemas. Si Eva fuese así, carecería de memoria y estaría tan íntimamente muerta como el letrado que está enterrado y bien enterrado, o quizá no, si Eva fuera así, sería la encarnación de la memoria, sería quizá nuestra memoria, pero entonces ¿por qué no lo demuestra?

Yo nací, sabedlo, de la misma forma dolorosa y humillante en que nacemos todos, y lo único que me diferenció desde el principio fue que nunca conseguí olvidarme de mi pasado. Mi madre no me reconoció al verme, mi padre tampoco.

El médico les había pronosticado que yo sería varón y ellos esperaron otro sexo y la fisonomía de otro sexo, y debieron de sufrir un gran desengaño, casi tan grande como el mío. Ellos no me reconocieron a mí, pero yo sí que los reconocí a ellos.

Debía de estar muy desesperada, sí, muy desesperada tenía que estar por volver a encontrarme con mi amada, y esa prisa hizo que me precipitase en las entrañas de la que sería mi madre, arrojándome a otra sima con un fondo más oscuro que aquel del que procedía, escapando de mi propio purgatorio hacia un infierno desconocido.

Nací entre sangre y lágrimas y heces.

Y mi nacimiento fue celebrado como todos los nacimientos, con miedo y esperanza. Y cuando mi padre se acostumbró a mí y dejó de mirarme como a una extraña, empezó a manifestarme su cariño besándome por todo el cuerpo. Sabía lo que esperaba de mí en esta vida y no en otras, cuando aquellos mismos labios fueron otros y aquella boca me traicionó. Y tuve miedo, sí, pero no tuve miedo por lo que sucedió sino por lo que podría venir, pues sabía que aquellos mismos ojos me habían mirado con deseo en otro tiempo, en otra vida.

Y cuando jugaba conmigo... (qué tortura) y me lanzaba a los aires para volverme a coger con sus firmes brazos, yo sabía que aquellos brazos habían sido otros, y otros, y otros... Yo caía sobre él y al caer veía muchos brazos, tantos como los de Visnú. Brazos y más brazos acogiéndome. Brazos también de mujer, brazos de animal... Mi padre seguía riendo, y yo volvía a notar el olor a bestia interior...

Pero vuelvo a la vida que acabo de dejar... Mi madre fue la última en aceptar mi diferencia y en asumir mi enfermedad. Sin embargo recuerdo que al principio estuvimos muy unidas. Cuando me ofrecía sus pechos cargados de leche yo jugaba con ellos, me agarraba con fuerza, y su leche manaba generosamente saciando mi sed. Antiguamente, esa sed había sido ansia y deseo. Por eso yo succionaba con pasión, recordando tiempos en que aquellos mismos pezones fueron de hombre. ¿Fue quizá ese hombre que aún latía en ella el que me expulsó de su lado?

No mucho después de mi nacimiento mi madre cayó en una depresión. Mi padre empezó a rehuirla, y una y otra noche corría hasta el cuarto de su puta secreta. Si el muy infeliz supiera a quién se estaba entregando no se hubiese vaciado dentro de ella... Creía que ella le daba la savia a través de la cual sentirse otro, sentirse alguien... Si hubiese podido recordar no la habría besado, no habría arrastrado la lengua por su vientre ni se habría postrado con tanta devoción ante su cuerpo...

Y mientras tanto mi madre se vomitaba a sí misma y me rechazaba... Yo notaba su rechazo, que en cualquier caso no se podía comparar al que yo sentía hacia ella, hacia él, hacia la casa aquella...

Y los maldecía cada vez que me llevaban al psiquiatra, tan ignorante como ellos. Aunque lo que más me asqueaba eran sus esfuerzos voluntariosos por acercarse a mí, intentando demostrarme sus afectos, tan mezquinos como sus sentimientos. Y para compensar su avaricia me regalaban toda clase de inútiles artefactos, tan absurdos como sus vidas.

Hasta que tuvieron el acierto de regalarme un gato. *Gold* era el único que me entendía. No me importaba su pasado y a él no le importaba mi futuro. Además, nuestros encuentros anteriores se habían reducido a una banal conversación bajo la lluvia... *Gold* y yo llegamos a estar estrechamente unidos, pero me lo arrebataron por algún oscuro motivo. Yo gemí y pataleé, y para consolarme me regalaron una muñeca como las que les gustan a las niñas amnésicas que imitan todos los vicios de sus madres. La muñeca me asustó; parecía una niña muerta: parecía yo.

Hasta que nació Eva...

Eva sí me reconoció, Eva sí me amó, ante el desconcierto de nuestros padres. Durante su primer año de vida estuvimos del todo compenetradas, pero con cada nueva palabra que Eva aprendía desaparecía un recuerdo. Al final lo olvidó todo, y cuando supo hablar creyó que sólo era mi hermana...

Pero yo no era sólo su hermana, era más: era su hermana profunda y abisal, y sabíamos, cuando nos mirábamos, que nos habíamos conocido en otras vidas. Yo lo sabía y ella también.

Yo intentaba atraerla hacia mi mundo líquido y silencioso, y a veces llegó a entrar plenamente en mi océano gaseoso y en él pasó tardes enteras jugando con las bolas de cristal y los guijarros del jardín. Pero debió de asustarse y, poco a poco, fue huyendo de mí y de la memoria de esta y otras vidas, haciéndose cada vez más olvidadiza...

Nuestros dones acaban siendo nuestra maldición, porque nos separan de los demás, condenándonos a la soledad. Mi memoria me fue aislando de los otros... ¡Si ellos pudieran recordar!...

Yo no podía fingir sorpresa ante los acontecimientos que se iban llevando a cabo a mi alrededor, pues sabía que eran los efectos de causas cada vez más anteriores, que se perdían en el tiempo como el eco de mi propia voz por un despeñadero sin término...

Mis sentimientos hacia los que me rodeaban no podían ser nuevos, limpios, puros. Los conocía demasiado, y ya antes, mucho antes, nos habíamos odiado y deseado. Habíamos fornicado, nos habíamos insultado, nos habíamos asesinado...

El conocimiento de su pasado me bloqueaba y me condenaba a la mudez... No me salían las palabras, no me salían las caricias...

Por eso decidí esconderme en mi aura como en una crisálida: delicada campana de cristal que me protegía de todo.

En las noches de lluvia y luna pálida me sentía morir y me perdía en un mundo de oscuridad húmeda, de oscuridad asfixiante. Entonces me ponía a aullar como un lobo...

Mi padre huía de casa y mi madre rezaba o bebía, o me maldecía para sus adentros... Y si me tapaba la boca la mordía hasta amoratar sus manos, y la vida se me iba en forma de espuma por la boca...

Pero existía mi memoria del dolor y del placer y del frío y de los sexos en sus dos corrientes enemigas.

Hasta que cesaban mis aullidos y moría mi única palabra permitida, una palabra de una sola sílaba... A veces, el eco liberador se la llevaba consigo, resucitándola en otra parte.

Pero no podía liberarme a mí, como tampoco podían librarse de mí. Estábamos condenados los unos a los otros.

Y se avergonzaban de mis aullidos casi tanto como de mi presencia ante los extraños, pues no querían que vieran mis ataques ni la crispación que a ellos les provocaban mis ataques. Y trataban de evitar sus comentarios que solían ser tan miserables como los motivos que tenían para ocultarlos.

No podía perdonar a mi madre por haber sido quien fue. Aunque ella no pudiera recordarlo, yo... no podía olvidarlo. Recordaba a mi madre desde antes, desde aquel tiempo anterior al que me concibió, cuando era otra, cuando eran otros sus ojos y sus manos.

Sus manos... Me daban asco sus manos y no podía soportar que me tocaran, y sentía por ellas casi tanta repulsión como por las manos de mi padre. A él..., a él sí que no podía perdonarle por ser quien era y, sobre todo, por el que iba a ser.

Apenas tenía dos años..., es decir, ni siquiera hacía tres años que era Lilith cuando tuve mi primer ataque, mientras mi madre, que seguía con la depresión, me estaba bañando. Creí que quería ahogarme y me puse a gritar. Cuando no pude resistir el movimiento de sus manos grité todavía más, grité como un cordero al que le estuvieran sacrificando.

Después enfermé y me negué a probar bocado, pues vomitaba todo lo que comía. No deseaba ninguna relación con el mundo y me refugiaba en mis recuerdos de otras vidas, de otros tiempos. Y recordaba, una y otra vez, una manada de caballos salvajes que inexplicablemente se arrojaban a un acantilado en una de mis vidas anteriores... Ahora comprendía su ceguera, su frenesí.

Y ahora comprendo por qué las niñas de mis ojos sólo podían juntarse con las de mi hermana Eva. Recuerdo que solía acercarme hasta su cuna para susurrarle al oído las generosas palabras que les negaba a los demás. Y sólo yo comprendía aquellos primeros balbuceos ininteligibles para los otros.

—Sabes, Lilith —me contestaba ella, que estaba

tan dichosa como yo de volver a estar conmigo—, ahora ya nada ni nadie podrá separarnos.

—¿Recuerdas, Eva? —solía decirle yo sin necesidad de hablarle, soplando mi excitado aliento—. Existió en el pasado una pareja de amantes que llegaron a estar tan compenetrados que en una enfebrecida noche, cuando estaban haciendo el amor, se sintieron tan cerca..., entraron tan dentro el uno del otro..., hasta el fondo mismo de la conciencia, que sus espíritus se intercambiaron y cada uno se quedó atrapado en el cuerpo del otro, sin conocer el camino de vuelta. Así vivieron la otra mitad de sus vidas y tuvieron que aprender a ajustar su cuerpo a la nueva personalidad... ¿o fue al revés? El caso es que se siguieron amando. El caso es que siguieron juntos. Y cuando uno de los dos murió el otro no supo si lloraba por la muerte de su amor o si era su propia muerte la que estaba llorando...

Miraba a mi padre..., miraba el fuego de la chimenea..., miraba a mi madre..., miraba la puerta abriéndose..., miraba a la niñera..., miraba la mancha de humedad formándose en el techo..., miraba al médico..., miraba el dibujo geométrico de las baldosas..., miraba al perro blanco..., miraba al blanco cielo...

Habitaban en una dimensión plana donde nada ni nadie sobresalía. Unas formas que se entremezclaban, nada más, conformando composiciones de diferentes colores..., eso era todo. Ningún brillo especial. Seres animados e inanimados que respiraban de otro modo, a través de la piel o de los poros. Ninguna señal reveladora demarcando la sutil frontera que separaba lo muerto de lo vivo.

Y a veces yo también formaba parte de esa memoria infinita que no pertenece a nadie. Y a veces yo también formaba parte de ese magma movedizo y extraño. Y por eso fui diagnosticada como una niña autista.

Oía el motor de un automóvil..., oía el llanto del hijo del jardinero..., oía el agua brotando de la fuente..., oía las pisadas de la criada en el pasillo..., oía una voz gritando mi nombre..., oía las teclas humedeciéndose en el piano..., y necesitaba gritar.

Todo formaba parte de la misma melodía, ninguna nota ni sonido alguno escapaban de la escala en la que yo estaba inscrita. Sólo las risas de mi hermana Eva me sacaban de mí misma. Sólo cuando oía la voz de Eva miraba a Eva... Mi corazón se aceleraba cuando me sonreía. Se me partía en dos el alma cuando lloraba. Volvía a disolverme en el todo y la nada cuando me dejaba.

Eva tenía otra luz, desprendía otro aroma, toda ella estaba impregnada por el hálito verdadero de la vida. Sólo Eva era Eva. Destacaba en ese universo sin relieve al que yo estaba condenada.

A veces me acercaba a ella, la cogía desprevenida por la espalda, apresándola con mis brazos, y la abrazaba con todas mis fuerzas. Otras veces era ella la que se agarraba a mí, me cogía de la mano y no quería soltármela en todo el día; y cuando alguien intentaba separarnos estallaba en una rabieta y pataleaba.

Había algo en la forma de besarnos que inquietaba a nuestros padres, y no sabían cómo reaccionar cuando nuestros besos se prolongaban y nos quedábamos durante largos silencios con nuestras bocas pegadas, saboreando con nuestras lenguas algún caramelo.

Yo bebía con mis besos el sabor a fresa que había impregnado su boca y ella saboreaba el aroma a menta de mis babas. Y cuando estaba en la cuna y se ponía a llorar sin motivo aparente, con ese llanto que enloquece a los adultos, sólo yo la atendía, y no tenía más que acercarme a su cuna para que cesase de llorar. Le acariciaba su rosada barriguita y me deleitaba con la cascada tierna de sus risas, al sentir la loca alegría que le producían las cosquillas que yo le hacía. Y ese simple gesto la tranquilizaba, pues era la confirmación de que yo había cumplido mi promesa y la había estado esperando.

Pero un día fue Eva quien rompió su parte de aquel pacto y me olvidó. Sí, poco a poco se fue olvidando de mí, y empezó a mirarme de otra forma que a mí me resultaba insoportablemente odiosa. Me miraba como si acabáramos de conocernos, me miraba como a una extraña.

Era la mirada de una amnésica, era la mirada de otra, de una cualquiera. Y se entregó al mundo y se dio a los otros.

Y al verla dormida en el regazo de nuestra madre, confiada, o riendo en las rodillas de nuestro padre, ignorante, ignorándome, paladeé el sabor de su traición y la escurridiza piel de la cola de la anguila de los celos removió mis entrañas, devorándome.

Eva ya sabía hablar casi como los otros, Eva ya pertenecía al mundo de los otros. Y una noche, mientras Eva dormía, decidió liberarse de mí y amputó el cordón umbilical que seguíamos compartiendo en nuestra microburbuja y me mató, mató a su hermana profunda y abisal.

Y cuando desperté, y cuando abrí los ojos y la miré, supe lo que había hecho. Seguía siendo Eva, una niña pasando por nuestro lado sin llamar la atención, sin apenas hacer ruido, sin dejar rastro. Y quien la viera jamás diría que acababa de asesinar a su hermana mientras dormía, acababa de matarme. Pues sus manos blancas, inocentes, no tenían manchas de sangre y pasaban de largo ante todas las miradas.

Acababa de levantarse y frente al espejo no detectó ninguna expresión en su rostro que la delatara, que le hiciera dudar, que la ayudara a recordar. En sus uñas y en su cuerpo tampoco había ninguna huella, ninguna marca ni señal alguna de lo que había estado haciendo en sueños.

Y después se encaminó al colegio, como cada mañana, después de haber asfixiado a la otra, la que vive en la otra parte y no puede acceder a este lado de la vida, la que calla y otorga, la que nace y muere a nuestra voluntad.

¿Y acaso uno es responsable de lo que olvidó? Y de lo que deseó consciente e inconscientemente, de lo que realmente ejecutó en el país de la mente. Todos hemos matado alguna vez, pero también hemos olvidado... Tan simple como eso, tan sencillo como nacer y morir, como dormir y despertarse.

Y volví a cerrar los ojos y volví a soñar que Eva estrangulaba mi placenta.

Y volví a tener una crisis. Y volví a perder mi aisladísima conciencia, y volví a morir por dentro.

Fue por aquel entonces cuando los espíritus de los condenados se asomaron más que nunca a la vida para susurrarme palabras que me helaban la mente y me dejaban más muda de lo que estaba.

Y lo que más me inquietaba era que esos condenados, esas almas en pena, conocieran mis gustos, mis debilidades, y me llamasen con todos los nombres que podía recordar y también con aquellos que había conseguido olvidar. Y me preguntaba si me habrían estado espiando, si se habrían atrevido a indagar en la cara oculta de mi conciencia y habían visto esa zona prohibida y secreta que ni siquiera yo misma osaba mirar.

Y así me fui acostumbrando a la compañía de los muertos tanto como a la de los vivos.

En esa misma casa donde vivía con mis padres y con mi hermana Eva habitaban muchas almas perdidas que no habían podido cumplir sus deseos.

Y sus suspiros me estremecían y sus solitarios jadeos se mezclaban con los obscenos aspavientos de mis padres cuando fornicaban.

Y a todas ellas las veía vagar por los pasillos jugueteando y bailando. Y gritaban y reían y maldecían y se burlaban de la criada cuando servía la cena. Y a los invitados les soplaban al oído pensamientos tan perversos que enrojecían creyendo que eran suyos.

Una vez se excedieron tanto que un cliente de papá se atragantó con el faisán. Y mientras se ponía morado y se ahogaba no supieron entender qué me hacía tanta gracia.

Sí, fueron ellas y no yo, como todos aseguraban, las que agriaron aún más el carácter de mi ya agriado padre, pues como tampoco él podía verlas, las ánimas más amargas aprovechaban todo momento para beber en su copa, envenenándola. Su repulsivo aliento a azufre lo delataba, pero ni él ni nadie quisieron darse cuenta de que habían sido esos espíritus insípidos e incoloros los que se habían infiltrado en sus entrañas a través del alcohol y lo estaban devorando por dentro.

Le estaba bien empleado por ser tan ciego, y no valía la pena que me defendiera de sus calumnias, era tan inútil como hablar con sordos, y por eso desde que le conocí me había jurado a mí misma callar para siempre (aunque «siempre» es por poco tiempo).

A veces, cuando me encerraban en mi habitación como castigo, abría mi ventana de par en par para escuchar el coro de las niñas muertas del que ahora formo parte, del que formamos parte. Pero todavía no podía reunirme con ellas porque los barrotes de la ventana me impedían saltar.

A mí trataban de esconderme, a Sara la ignoraban condenándola a vivir con su abuela, y a Eva la exhibían. Eva confirmaba el acierto de su amor mientras que yo representaba su negación, la razón oscura que una noche los arrastró hacia la cama. Y cuando Eva aprendió a hablar y se olvidó de mí, solían llevarla con ellos a todas partes.

Acabo de referir mi vida, mi última vida, apresada en un cuerpecito con una memoria milenaria. Una vida corta para la mayoría, pero que a mí me ha parecido eterna.

Hasta que tomé la decisión, la única decisión que he tomado en estos años llenos de suplicio. Y sin embargo, de todos los castigos que me regaló la vida, ninguno me pareció tan doloroso como el hecho de comprobar que Eva, mi querida hermana Eva, no podía reconocerme. El habernos encontrado en tan nuevas circunstancias no dejó nunca de ser para mí una burla del destino. Estar tan lejos de ella y a la vez tan cerca ha sido un infierno que quizá continúa.

Aunque el más imperdonable de todos sus olvidos fue que también se olvidara de nuestra hermana mayor, la hija de otra madre y que tanto nos amó aquel verano que pasó con nosotras, cuando hacía hablar a su muñeco de cartón y trapo.

Aun dentro de mis tinieblas autistas me enamoré de Sara... De sus ojos cenicientos, de sus sangrientos cabellos, y de la voz del muñeco Jorge Juan, que era la voz del vientre de Sara, que era la voz de sus entrañas...

Tengo la impresión de que Sara es el único ángel que se ha cruzado conmigo en el transcurso de todas mis vidas. Y por eso, sólo por eso, yo sabía que ella y sólo ella podía concederme el milagro de la voz.

Pero Sara se fue un día, de pronto, después de haber sido violada... Más tarde volvió para matar a papá. No me importó que matara a papá, pero sí me importó que volviera a marcharse dejándonos a Eva y a mí en aquella casa. Creí que había vuelto con Ismael para llevarnos lejos. Ah, Ismael, sus ojos oscuros, sus oscuros pensamientos, su oscuro destino... Él nos condujo hasta la ribera de las moreras y yo creí que íbamos a quedarnos a vivir en aquella orilla y que había llegado la hora de mi verdadero nacimiento.

Y cuando se marcharon yo los maldije y envidié a Ismael por estar con Sara, y envidié a Sara por estar con Ismael, pero los perdoné. Y después, durante muchas noches volví a oír la voz de cristales rotos de mi hermana resonando en la oscuridad de mi cuarto. Hablaba con dulzura, como una madre delicadísima, por eso seguí esperándola todas las noches y por eso el día que murió, volvió a mí con sus andares de ángel caído. Antes de evaporarse en la niebla me besó y juré que volveríamos a encontrarnos.

Por eso y por otras muchas razones ayer corrí hasta el mismo río donde se ahogó ella, mientras los demás brindaban en la glorieta.

El prado era un campo de extraña energía magnética, y a cada paso que daba sentía que la tierra descargaba su corriente para dar más fuerza a mis pies.

La hierba me entendía y me entendían los colores vivos de la primavera. Abrí mis pupilas agradecida, deseando beber los rayos del sol que se filtraban entre las ramas de los sauces. Todo parecía eléctrico, todo estaba saturado de vida, y el aire me traía la caricia de los muertos.

Me perdí en ese instante mágico y corrí y corrí y corrí cada vez más de prisa. También mi corazón se aceleró y creí que mil pájaros negros me perseguían y giraban alocadamente sobre mi cabeza como vencejos alrededor de la torre de una iglesia. Una agitación febril discurría a mis espaldas, que se fundía con el batir de las alas negras, pero no me giré. Entonces divisé el rostro de un hombre joven, apenas un muchacho, que venía corriendo hacia mí por la colina. Parecía Gabriel, el hermano de Ismael, que solía pasar algunos días de verano en la casa del jardinero, y parecía más hermoso que nunca. Pero me olvidé de él y me sumergí en el agua oyendo la voz de Sara, que como una ondina me llamaba desde debajo de las algas sonrientes.

El río me bebió con un beso profundo y líquido, y una corriente de luz verdosa y amarillenta nos arrastró a la hoja de un árbol y a mí, hasta el fondo del remolino.

Recuerdo la última imagen que retuvieron mis ojos: las burbujas ascendiendo hacia la superficie del agua abrasada por el sol, atravesando una película incandescente en la que flotaban mis cabellos como algas blanquecinas, largas. Después un beso muy hondo de Sara, un beso que me ahogaba y que a la vez me producía un placer infinito.

Gabriel se lanzó al agua y consiguió alcanzarme, pero yo no estaba en mi cuerpo, y cuando surgió del agua con mi coraza de carne ya estaba muerta. El agua se deslizaba por su torso desnudo y llegaba a mi rostro. Y de pronto sentí amor hacia los dos cuerpos. Amor hacia el que vivía y amor hacia el que estaba muerto.

En seguida nos rodearon otros cuerpos, desvaneciendo ese instante intenso y fugaz en el que habíamos coincidido, y escuché la voz de Gabriel antes de que me empezase a hacer la respiración artificial. No sentí el contacto de sus labios vivos pegados a los míos ni su aliento en mis pulmones.

Gabriel me sintió muerta y se apartó de mí temblando, después empezó a describir con estupor mi cara de felicidad cuando corría hacia el río como si sus aguas me hubiesen hechizado. Luego me tendió sobre la hierba y cayó de rodillas junto a mí, sollozando:

—No pude sacarla antes, no pude... Me arrastraba el remolino... Y está muerta, yo sé que está muerta...

Deseé consolarlo, deseé besarlo y tocarlo, pero mi cuerpo ya no obedecía a mis deseos.

Los demás hacían aspavientos como aves de corral atemorizadas. Sentí piedad, pero no hacia los gemidos de mi madre, que se retorcía como si no pudiese haber un dolor más intenso que el suyo; ni hacia el amante de mi madre, que permanecía lívido, cubriendo con sus manos los ojos de Eva, la olvidadiza; ni hacia mis parientes que se santiguaban al verme e intentaban calmar a mi madre. Sentí piedad, pero no hacia los míos.

Sí, ayer me ahogué en el río y hoy ya soy un invitado más en este funeral que, curiosamente, es el mío.

Heme aquí, como una convidada de aire, formando la parte invisible de la coreografía. Y no me gusta nada lo que veo.

Observo a los otros invitados escrupulosamente, desde todos los ángulos posibles, desde todas las perspectivas, y ningún detalle, por morboso que sea, altera la opinión que tengo de ellos. Floto sobre sus cabezas, me deslizo por el lagrimal de su ojo, y llego rodando hasta su cerebro. La chispa de la generosidad no circula por sus neuronas, es una chispa muerta, es una estrella muerta en el frío universo de sus cabezas.

Contemplo por última vez a Eva. Mira a su alrededor con extrañeza y se agarra a la mano de mi madre, como si temiera que pudiese desaparecer el suelo bajo sus pies y un remolino invisible fuera a tragársela. Me acerco a ella y, como una corriente de aire, voy ascendiendo por entre sus piernas hasta sentir su mismo escalofrío. Le soplo al oído y me despido de ella hasta nuestro próximo encuentro.

Su oído izquierdo le ha silbado, sólo el izquierdo, asaltando su memoria con vagos recuerdos de aquellos primeros días en que nos entendíamos.

Y hasta cree que vuelve a oír mis silenciosas palabras..., mis últimas palabras, y se siente culpable por no haber intentado seguir dialogando conmigo.

Y también cree que ha perdido la última oportunidad de encontrarme, y que con mi pérdida está empezando a perder la razón. Y eso le provoca temor a mi amadísima traidora, mi hermana perfecta, mi Eva olvidadiza.

Ya a cierta distancia, recuerdo cuando nos separamos en aquella vida anterior a ésta. En aquella ocasión, ella había cerrado mis ojos y fue la que se encargó de que mis despojos tuviesen digna sepultura. Y cuando los enterradores sacaron el ataúd del coche fúnebre, ella lo abrió con rabia y miró por última vez mi rostro cerúleo. Y yo deseaba volver a hacer el amor con ella, reviviendo unos momentos mi carne muerta, obligando a mi carne a volver a la vida y a la conciencia, para poseerla una última vez y siempre. Nunca antes me había parecido tan hermosa, con sus cabellos empapados por la lluvia. Yo le gritaba que volveríamos a vernos, pero ella no podía oírme. Y no era por el jadeo de su respiración entrecortada, ni por el ruido de la lluvia azotando los ángeles de piedra... ¿Por qué era?... Al fin escupió sobre mi tumba, por haberla abandonado, y se alejó dando tumbos bajo la lluvia, ebria de dolor, mientras me maldecía. Los enterradores la vieron caer y levantarse, con la boca llena de barro, y creyeron que había perdido la razón y que por eso hablaba sola, pero yo nunca olvidaré sus rezos.

—Vengo de enterrarte, amor mío, amor traicionero, mi amor enemigo. Vengo de pisar tu tumba... Vengo de pisotear tu cráneo. Vengo de patalear de rabia sobre tu esqueleto, echando raíces en el suelo. Me has dejado sola —sollozaba—, eres repugnante. ¿Prefieres la compañía de los gusanos ciegos? Dímelo tú, dímelo. Pero ¿por qué no contestas?... Esperaré tu respuesta hasta que mi muerte vuelva a enfrentarnos... ¿En qué lugar del infierno te encontraré?

Sus palabras sí que me conmovieron porque había en su odio más amor que el que he conocido. Y su temor y su brusco temblor me siguen conmoviendo porque hay en su frío más amor que el que se alberga en los sentimientos de mi madre, y en los invitados de mi madre, y en la criada de mi madre, y en el sacerdote de mi madre...

Sierto que ya nada ni nadie me retiene aquí, sólo el recuerdo de otra vida y otra muerte.

Que las aguas sigan corriendo, que sigan muriendo y naciendo las estrellas al fondo del cielo...

Que nada se interrumpa por mí... Que siga rodando la espiral celeste y que el terrible remolino se atragante con todos nuestros nombres.

Que al fin la tierra caiga sobre lo que fui, que cubra el rastro que he dejado. Que me libere de mi pasado y del futuro.

Y que desaparezcan todos los que veo y los que no veo.

Que se vayan juntos con sus letanías a la parte trasera de la vida...

Y que me dejen sola, sola para viajar, sola para recordar, sola para olvidar... Ah, vuelve, eterno retorno. Ven a mí, cita infinita.

Acabo de sentir el horror. Ha sido sólo un momento. Mi conciencia quedó suspendida en el vacío y no pude soportar el acoso de todas las vidas que me esperaban y de las que aún tenía que vivir. Y la repulsión que me produjo la idea de tener que volver a sentir lo mismo..., otra vez y siempre..., a través de nuevas pieles, me pareció insoportable.

Y ahora no sé qué hacer...

No sé si quedarme en este limbo inconcreto espiando a Eva y, en noches de fiebre y delirio, colarme en sus pesadillas para recordarle quién es, quién fue, y contagiarle el mal de su difunta hermana, mi mal, hasta enloquecerla y conseguir que venga a mí, arrojándose al río, que es la única puerta de entrada de nuestro mundo de niebla, el único punto de conexión para volver a encontrarnos... No lo sé...

No sé si volver a salir a su encuentro o dejar que viva su absurda vida en la casa absurda que he abandonado, entre los absurdos seres con quienes la he dejado.

¿Qué sentido tiene provocar ahora su muerte si apenas hace diez años que le salvé la vida?

Recuerdo que Eva estaba jugando con un mechero mientras yo contaba a su lado mis canicas. De pronto la habitación empezó a arder.

Fueron sólo unos instantes, pero mis padres ya se habían abandonado a la idea de perderla. Y se sintieron aliviados y humillados cuando me vieron salir del cuarto con Eva en mis brazos. No hice nada del otro mundo. Muchos perros, menos inteligentes que yo y menos sensibles, han hecho lo mismo en circunstancias parecidas.

Y ahora no sé si revelarle la verdad o esperar su muerte que la llevará a otra vida y a otra suerte. Y así seguir su rastro por los siglos de los siglos, por las vidas de las vidas.

No sé si volver a nacer para perder la memoria y olvidarme de Eva, pero sospecho que estoy condenada a su recuerdo..., ésa es mi culpa..., ésa es mi maldición. No vivir... sin ella... No olvidar... a su lado.

Ya no quiero estar más tiempo aquí, ya no quiero oler a muerto. Me voy con Sara a un río lleno de arpas de algas, me voy con todos los no nacidos y con todos los ahogados. Las aguas recuerdan sus nombres, el mar, me dijo un día Jorge Juan, recuerda el nombre de todos sus ahogados, porque tiene tanta memoria como yo y como Sara, porque es una inmensa y temblorosa memoria de la muerte y de la vida.

Ahora sé que está ya próximo mi viaje, mi largo viaje, mi último viaje. Desde algún lugar inconcreto Sara me está llamando. Imagino un lugar parecido a la ribera de las moreras. Allí me espera junto a todas nuestras hermanas. Y allí poseeré la voz, mi voz, aunque si no hablo será lo mismo, porque ellas sabrán escuchar todos mis silencios.

De todos esos seres que arden y se apagan en el magma de la existencia, a veces uno de ellos se enciende con tal fuerza en nuestra conciencia que su fuego sigue perdurando en nosotros aun cuando nos disolvemos.

Y cuando ese raro milagro se produce estamos condenados a su recuerdo. Todavía hoy y mañana, y posiblemente siempre, se reflejará en mi memoria el eco de su nombre, el eco de mi hermana mayor, Sara, que tenía dos bocas en vez de una, como todos, en vez de ninguna, como yo.

La boca de arriba, la boca de su cara, del hoy y del aquí, la boca de la realidad con la que hablaba con los otros. Y la otra boca, la boca del estómago, del ombligo, de las tripas, la boca de entrada a las cavernas, con la que hablaba de la memoria de la tierra, del ayer o del mañana, que son lo mismo, y de lo que no existió o de lo que pudo haber sido, que viene a ser lo mismo... Su otra boca visionaria y telúrica con la que me hablaba sólo a mí...

Y al hacerlo me brindaba la oportunidad de contestarle en otro lenguaje, en mi lenguaje. Por eso cuando escapó de casa, y después, cuando escapó de la vida, me sentí más mutilada que antes, todavía más.

Y no sólo sentí su ausencia, sino que Jorge Juan enmudeció para siempre y dejaron de hablarme los objetos.

Mi amada hermanastra Sara, mi medio hermana, mi hermana complementaria... Era la sabiduría misma y por eso decidí seguir sus pasos.

Desde mi isla antigua, cuando aún estaba viva, yo la veía, y desde mi isla la llamaba, con mi muda voz: «Elegida gacela de seguro pensar.» A los catorce años, antes de que se fuera para siempre, yo la llamaba así aunque ella no lo supiera. Igual si ella hubiese seguido en la dimensión de la vida, yo habría conseguido salir de mi isla de silencio y de temblor. Pero se fue, se fue a un lugar muy remoto y muy próximo...

Para dirigirse a mí, Sara solía utilizar su muñeco. Jorge Juan el hablador... Pero otras veces me entretenía haciéndome creer que los muebles, la lámpara, los grifos hablaban.

Y todos los objetos me reprochaban mi mutismo con sus repentinos vómitos de palabras, haciendo brotar la vida de la materia muerta.

A mí me daban ganas de volver a resucitar en el mundo de los vivos cada vez que hacía hablar a Jorge Juan. Quizá sea extraño, pero creedme si os digo que a veces hasta una piedra puede ser más elocuente que algunos de los interlocutores con los que he mantenido conversaciones a lo largo de todas mis existencias.

Parecía tan vivo, tan real... Era como si, al igual que yo, Sara supiera lo que sienten los objetos, y no sólo lo que sienten las personas. Recuerdo nítidamente aquel atardecer en que la atmósfera estaba impregnada en polvo de quitina dorada, cuando me trajo dos plumas grandes y le hizo decir al muñeco:

—Mira, son las alas de un ángel que encontré junto al río. Se las he traído a Lilith, que es otro ángel... Junto al río he visto una procesión de cincuenta niñas rubias idénticas a ti, vestidas de blanco, como tú. Cada una lleva un minúsculo caballo pegaso dentro de una jaula construida con huesecillos de pájaros; después se suben de dos en dos en la noria, y la madre de todas ellas levita al saludarlas con la mano. ¿Sabes, Lilith?, a ti no te crearon los dioses, a ti te crearon los ángeles, por eso más que una niña pareces un milagro...

Brillos de luz se filtraban entre mis pestañas configurando una visión paradisíaca de aquel paisaje, y del paisaje ideal de su rostro, mirándome.

A ella, sólo a ella no necesitaba más que mirarla para sentirla. Y deseé olvidarme de todo para vivir con toda intensidad el éxtasis de aquel momento, y no otro. Para poder concentrarme en su voz, penetrando en los caracoles de mis tímpanos, derramándose en un incesante deleite.

Recuerdo con el mismo fervor aquella otra tarde en que el gozo de oírla, el placer de estar a su lado era tan insostenible que gemí y estuve a punto de echarme a hablar, pero una vez más no me atreví, y regresé a mi cárcel, y corrí en círculos como una posesa, queriendo huir, batiendo frenéticamente los brazos.

Y creí que me iba a echar a volar. Hasta que caí al suelo desmayada y pude verlos desde arriba. Sara chapoteaba por delante de nuestro padre, y no me gustó cómo aquel hombre la miraba.

Sara dormía con el muñeco de madera, dormía con el miembro amputado de un árbol muerto. Pero yo puedo aseguraros que a lo largo de mis existencias he dormido con muchos hombres y con muchas mujeres que estaban todavía más muertos que aquel tronco seco al que se abrazaba, sobre todo aquel verano en el que, a pesar de estar con nosotras, se sentía sola y amenazada.

Jorge Juan velaba sus sueños y sus desvelos, y hasta parecía ser también él quien la despertaba por las mañanas. Ella sí me entendía, como me había entendido al principio Eva, como yo las entendía a las dos.

Sara sabía que los autistas entendemos casi todo lo que nos dicen los otros, los extranjeros, a pesar de que sus palabras nos llegan desde más allá de la frontera, desde una dimensión llena de ruidos y de interferencias, y era la única que no se extrañaba cuando me tapaba los oídos para escuchar la música muda de la pecera de mi mente.

Dos días antes de marcharse, Sara me contó un cuento... Bueno, me lo contó Jorge Juan.

—Había una vez una mujer que estaba enamorada de la música, de la música, de la música... Una noche, al salir de la Ópera, la mujer se tropezó con un demonio amante de la música, de la música, de la música... El demonio la vio llorar de emoción y le dijo que le pidiera un deseo, un deseo, un deseo... «Quiero cantar», le contestó ella. El diablo le juró que le concedería su deseo, pero como era un pobre diablo, con poderes muy limitados, sólo podría cantar bien una canción, una sola canción, una única canción... La pobre mujer dudaba y el pobre diablo le dijo que podía tomarse su tiempo. Entonces la mujer se dedicó a escuchar, a escuchar, a escuchar... Y viajó por todos los países del mundo en busca de la canción más hermosa que se hubiera compuesto. Al fin pasaron los años, los años, los años, y envejeció, envejeció, envejeció. Cansado de esperarla, el diablo fue a visitarla y la halló en el lecho de muerte. «¿Todavía no has elegido tu canción?» La mujer movió débilmente su cabeza. Iba a contestarle cuando falleció, falleció, falleció. Yo sé que la mujer había encontrado la canción... Y yo sé que la mujer podía cantar como nadie aquella canción... Pero sabía que aquella canción y todas las canciones eran más hermosas en la mente que en la boca, y se llevó con ella el secreto, que era el secreto de su silencio. Por eso entiendo a Lilith... Ella tiene en su cabeza una hermosa canción, pero no quiere cantar, no quiere, pero no quiere cantar...

Tras oír el cuento de Jorge Juan pensé que debía elegir una palabra, una sola palabra que me gustase mucho, pues seguro que el diablo del cuento me permitía decirla como nadie la había dicho jamás.

Mi hermana ya se había ido cuando, una mañana, cuando menos me lo esperaba, mis cuerdas vocales sonaron y dije:

—¡Sara, Sara, Sara!

Todavía me llamo Lilith. Todavía no soy otra, no soy nadie, no soy nada. Tengo nombre de viva pero estoy muerta. Soy el parásito de un sueño inventado, el juego de un ilusionista. Me siento en la última butaca del teatro y me acuerdo de que también yo fui actor. Escapo de los focos, admiro el maquillaje, evito descubrir los trucos de la representación. Y mi lucidez no me delata porque no pienso, porque no he nacido.

Fui una muñeca de cera, un Pinocho de palo, casi una niña de verdad, escondiendo secretos... A media luz me cruzaba con las sombras, abrazaba a los fantasmas, me entregaba en la más líquida oscuridad, y un día me ahogué...

No soy la única, no seré la única. Aparecerán las noticias en la primera página de todos los periódicos sensacionalistas. Y los periodistas carroñeros darán su versión de los hechos. Y los psiquiatras harán un diagnóstico brumoso para disimular su ignorancia. Y los sabios trazarán gráficos absurdos para demostrar sus mentiras. Y los padres de las niñas suicidas se excusarán para exhumar su culpa. Y su nerviosismo y su miedo los delatarán, y cuantas más razones revelen para demostrar su inocencia, más aparecerán como los culpables.

Pero sólo serán culpables de su pobreza de espíritu y de su avaricia sentimental. Sólo de su podredumbre, de su corrupción y de su pesantez serán culpables..., y de sus miserables excusas y de sus mezquinas palabras.

Detengo un instante mi mente y veo grupos de muchachas que, presas de un profundo frenesí, corren y corren por una noche en llamas, libres hasta de sí mismas... Son muchachas que adivino al fondo de mi memoria futura. Son vírgenes que se han vuelto locas, pero no de olvido, se han vuelto locas de memoria, están ebrias de memoria, llenas de memoria, y sus recuerdos arden y queman porque de pronto llevan con ellas toda la memoria de las que las precedieron, todo su estremecimiento...

Cuando la luna se torne toda como la sangre y los ángeles viertan sus copas sobre el mar y sobre los ríos y sobre las fuentes, y todas las aguas se conviertan en sangre, y sólo sangre se pueda llorar, comenzará la plaga de las doncellas ardientes...

Y yo, Lilith, la última profetisa, la que se ha atrevido a seguir el rastro de mi hermana sabia, anuncio que otras más sabias y más fuertes vendrán después de nosotras. Llegarán de todas partes y en todas partes brillarán sus hogueras. Bajo la luna humeante danzarán la danza de la vida las hijas de la noche en llamas.

MEMORIA DE EVA

1

TRINIDAD

Me llamo Eva y estoy viva.

Con lo cual quiero decir que todavía no he perdido ni mi vida, ni mi nombre, ni mi memoria. Algo que en otras puede ser normal no lo es cuando una pertenece a familias como la mía. Y vuelvo a repetir: todavía conservo mi nombre y mi memoria, a pesar de haber sido considerada por mis hermanas como la más olvidadiza. ¿Olvidadiza yo? Si lo he sido alguna vez, tiene su razón de ser por haberme criado en medio de Sara y Lilith: en medio de dos locuras, quizá, en medio de dos memorias, quizá, en medio de dos olvidos, quizá, en medio de dos noches oscuras.

Y todavía conservo mi vida a pesar de haber estado medio muerta o medio viva, en el tiempo que permanecí en coma.

La que hablaba hace un momento, la angélica y patética Lilith, era yo misma, y yo la que he escrito su memoria, y yo la que he escrito las memorias de Sara e Ismael, basándome en sus vidas y en lo que sus almas me contaron cuando estuve en coma. Las voces que han estado hablando hasta ahora son las voces que creí oír durante toda mi larga temporada en las sombras, y no han revelado nada que no haya sentido en mi mente y en mi sangre. Y es que durante todo mi coma me sentí poseída por los tres de forma casi absoluta. Era como si me hubiese metido en las junturas más profundas de sus conciencias. A veces los sentía así, y a veces los sentía flotando a mi alrededor. Por un momento llegué a sentirlos hasta debajo de mi camisón blanco, acariciándome las piernas. Por eso he podido reconstruir sus voces, o sus posibles voces, y las he incluido en esta memoria mía de tres hijas de la noche en llamas y un hombre que se atrevió a amarlas.

Pero sigo: la imagen que tengo de Ismael me recuerda la del muchacho que, a escondidas de todos, se acercó a mí cuando, tras el entierro de Lilith, salíamos del cementerio. Con voz medrosa me había dicho:

—No pude salvarla, lo siento, lo siento. Se ahogó demasiado pronto. Los pulmones se le encharcaron demasiado pronto...

Era Gabriel, el hermano de Ismael, que pasaba algunas temporadas en Aranjuez, en la casa del jardinero. En aquella ocasión me hubiese gustado retenerlo. Pero no me salían las palabras. Era como estar poseída por Lilith, por la mudez de Lilith, por la locura de Lilith, por el desconcierto y la angustia de Lilith, y le miré como una loca. Se alejó algo asustado, sumido en la más absoluta estupefacción. Mi mirada debió de causarle auténtico terror y tardó bastante tiempo en volver a acercarse a mí.

La desaparición de mis dos hermanas representó una experiencia fundamental en mi vida, una terrible y definitiva experiencia fronteriza que me dejó sin suelo bajo los pies. Y como era incapaz de asimilarlo todo de golpe creo que fui creciendo a medida que iba comprendiendo, una a una, el significado de cada una de las palabras que recordaba de Sara y cada una de las miradas que recordaba de Ismael y de Lilith.

Y perdoné a Sara, como me suplicaba en la única carta que conservo de ella, y la comprendí, como ella me pedía. La comprendí tanto que yo también decidí seguir sus pasos al cabo de dos años, aunque sus huellas no estuvieran tan frescas como cuando las siguió Lilith al final del mismo verano.

Y es verdad que a veces debí de ser muy olvidadiza, además de muy despistada. Y un día cometí la torpeza de dejar sobre mi mesa la carta de Sara, que mi madre nunca leyó, aunque sí que la leyó Lilith esa misma tarde. Debo advertir que Lilith, como muchos otros autistas, sabía leer desde muy temprana edad, aunque nosotros no lo supiéramos hasta mucho más tarde. Cuando era muy niña la veíamos hojear a gran velocidad los libros de cuentos y de fotografías, y creíamos que sólo miraba las ilustraciones, cuando lo que de verdad ocurría era que Lilith podía leer toda una página de un solo golpe de vista. Su capacidad para la lectura rápida, vertiginosa, estaba en relación con su prodigiosa memoria.

Resultaba monstruoso... Y es que Lilith era y será siempre para mí un monstruo tan delicado como terrible: un ángel que se fue, pero que sigue en mí, como sigue en mí Sara. Tardé en aceptarlo, y antes tuve que pasar por todo un calvario, pero ahora sus almas han reposado en la mía, y ya nunca seré la olvidadiza, ya nunca, ya nunca...

Sin embargo no fue tan fácil llegar a mi situación actual, antes tuve que dar pasos tremendos que aún ahora me producen cierta angustia. Empezaré por hablar de mis dos hermanas y de aquel primer verano en que pudimos estar las tres juntas.

Mi casa, nuestra casa, la casa rosada del río era un infierno húmedo, aunque yo entonces no lo supiera.

Dormida, los muchachos me perseguían en bicicleta por la carretera del molino. Despierta, me perseguía casi siempre Lilith, esa alma perdida, ese serafín caído del limbo de los justos.

Recuerdo la primera vez que vi a Sara tras largos años de ausencia. Llegó al anochecer, a la hora de la cena. Aquella primera noche no podía conciliar el sueño pensando en ella, y cuando busqué refugio en su habitación, Lilith ya estaba en su cama.

Aparté la sábana para hacerme un hueco a su lado y sentí que Sara olía a cáscara de niña que empieza a resquebrajarse. Era el olor hilvanado y pegajoso de las crisálidas, era nuestro olor.

A partir de entonces, casi todas las noches acudíamos a la cama de nuestra hermana mayor. Y la envidiaba cuando se desnudaba ante nosotras sin ningún pudor.

A veces envidiaba los insinuantes pechos que acababan de dibujarse en su cuerpo. Otras me repelían y me daban miedo.

Y nos adormecíamos escuchando las historias que nos contaba. Nuestros cuerpos de culebra ondulaban bajo las sábanas, hechizadas e inquietas, hasta que caíamos en un profundo sopor. Pero antes de que amaneciera, Sara nos despertaba para que abandonásemos su cama sin ser descubiertas.

Al evocar aquel verano, todavía siento el cosquilleo que me producían las hormigas gigantes que Lilith nos ponía en las piernas para despertarnos, cuando nos tumbábamos extenuadas en el prado tras habernos dado un baño en el río.

2

EL ESPEJO

Recuerdo que la víspera del 25 de julio, el día de mi cumpleaños, entré en su habitación sin llamar a la puerta y la encontré apoyada en el alféizar de la ventana, con los labios pegados a un espejo de tocador. Cuando se despegó de aquel arrebato de curiosidad y deseo contenido exclamó:

—¡Todavía no me ha besado ningún chico! Claro que, después de pasar no sé cuántos años en casa de mi abuela, debo de oler a naftalina. Y lo peor es que cuando suceda no sé si lo sabré hacer... ¿Crees que lo hago bien? —Y acercó sus labios a los míos y se fundieron en un fugaz beso que sabía a extrañeza y que picaba como chispas de fuego.

Cuando nos separamos, nuestros ojos brillaban y corrimos a la cama para cubrir su nerviosismo y mi vergüenza bajo las sábanas.

Estuvimos un rato tensas, paralizadas, escuchando el sonido de nuestro propio desconcierto, hasta que Sara apagó la luz y la oscuridad volvió a cobijarnos.

Entonces me contó por primera y última vez la leyenda de las doncellas suicidas.

Cuando acabó su relato, un escalofrío recorrió mi cuerpo y sentí que mi hermana también estaba temblando. Aterrorizadas y a la vez tranquilas por sentirnos cerca, nos juntamos hasta sentir el contacto de nuestras pieles.

Nuestros cuerpos se frotaron como los de dos gatos nerviosos y nuestros cabellos se enredaron como algas bicolores.

Nos abrazamos con la precipitación de quien se despide huyendo del pánico y sentimos un súbito estremecimiento, que desembocó en algo parecido a un suspiro de dolor y de gozo, antes de caer dormidas.

El amanecer nos sorprendió juntas y, cuando abrí los ojos, me encontré con los de mi hermana, mirándome.

—Sabes... —me susurró—. Mi madre estaba obsesionada con el paso del tiempo y se pasaba las horas mirándose en un espejo que se colocaba bajo el pecho. Al cabo de unos minutos de estar en esa posición, las venas de las sienes se le hinchaban, los músculos del cuello se le caían y se le congestionaba todo el rostro. Y cada vez que la descubría entregándose a ese venenoso «rito de la contemplación» exclamaba sin mirarme y sin apartar sus ojos hechizados ante su propio reflejo: ¡Así seré de vieja!... Ella misma se había embrujado y, tras su muerte, empecé a imitar ese rito en la soledad de mi cuarto...

Me gustaba que mi hermana se dirigiese a mí con ese tono confidencial, porque no me trataba como a una niña. Yo me concentraba en cada frase para estar a la altura de sus revelaciones, y aunque todavía no entendía el verdadero significado de lo que me estaba diciendo, sí que captaba su sentido y sobre todo me dejaba contagiar por sus envolventes sensaciones, que era mi forma de comprenderla.

Después me regaló su espejo de plata, el espejo que antes había sido de su madre y de la madre de su madre. Lo acercó a mi rostro y dijo:

—Considéralo tu regalo de cumpleaños... Tienes que mirarlo siempre cara a cara, con valentía y con la barbilla bien alta, orgullosa por ser quien eres... ¡Fíjate, Eva..., qué bonita eres! Los hombres se desvelarán pensando en estos ojos... y ¡ay!... lo que harán llegar a tus oídos. Me ruborizo imaginando las palabras húmedas y calientes que escucharán estos oídos. —Y me acarició las orejas antes de exclamar—: ¡Eva querida, el mundo pronto será tan tuyo como este espejo!

Recuerdo que aquella tarde disfruté haciendo girar las bengalas y bailando con dos imbéciles que me gustaban mucho, y recuerdo a la extraña Lilith muda ante la lluvia de luces, mirando hacia ninguna parte.

Pero sobre todo recuerdo a Sara... ¡Estaba radiante! Se había vestido para mi fiesta, y para mi fiesta se había maquillado de gris los párpados, dándole un aspecto de muñeca rota. Pero ella se sentía segura, se sentía llena y bailaba sola.

Los invitados la miraban cuando contoneaba su cuerpo de nínfula, que temblaba de plenitud. Todos los ojos se clavaban en su piel blanca y transparente, y en los lunares que salpicaban su espalda de leche cuando se giraba, y estaban pendientes de su oscilante danza, temiendo que cualquier movimiento brusco pudiera quebrarla como a una figura de porcelana y cayese al suelo haciéndose añicos.

Pero ella no parecía darse cuenta. Sus caras daban vueltas a la par que giraba. Ráfagas de luz fosforescente.

Papá también la miraba como si la brisa le trajera olor a mujer reciente. Ahora comprendo el sentido de aquellas miradas, pero entonces no podía darme cuenta; tampoco ella se daba cuenta.

Dos días después, cuando acudí a su habitación, como casi todas las noches, encontré su puerta cerrada con llave. Más tarde, mucho más tarde, comprendí lo que había sucedido.

Pero esa misma noche, ésa y no otra, la noche de aquel 25 de julio de mi cumpleaños, deseé crecer con todas mis fuerzas para escapar de aquella casa, la casa asfixiante.

Y deseé la vida, sí, la misma vida que se reflejaba en los ojos de mi hermana mientras bailaba. Y la deseé con toda la intensidad con que mi cuerpo podía desearla, sabiendo que me estaba esperando al otro lado de la verja.

3

LAS DONCELLAS TRANSPARENTES

Veo a Sara descalzándose y subiéndose el vestido. La veo andar por la orilla del río con los pies sumergidos en el agua mientras contempla las piedras de colores...

Al siguiente verano volvería de nuevo, en compañía de Ismael, que me gustó en cuanto lo vi. Y cuando nos invitaron a viajar con ellos llegué a albergar la esperanza de que habían venido para raptarnos.

Fue un viaje inolvidable. Recuerdo a Sara calmando a Lilith después de que enterráramos al zorro. Sólo ella era capaz de acabar con sus rabietas; y cuando Lilith oía su voz dejaba de agitarse, y se quedaba mirándola con sus enormes ojos, mientras el vientre de Sara hablaba a través de su muñeco y nos susurraba:

—Las princesas transparentes, llamadas así porque se quedaron transparentes cuando unos vampiros les chuparon hasta la última gota de sangre, sólo tenían rojos los labios. Aunque habían fallecido hacía años..., lustros..., siglos..., sus cuerpos transparentes surgían de la maleza del bosque, levitando a unos centímetros del suelo, y sus pieles seguían tersas, e incorruptas sus carnes. Y seguían creciendo sus uñas y sus cabellos.

»Los vampiros que las habían vaciado no podían acercarse a la civilización porque, aunque los humanos no podían reconocerlos, los objetos sí.

»Y a su paso, los edificios se resquebrajaban y se derrumbaban sobre ellos, dejándolos sepultados bajo las piedras, que al caer solían hacer formas geométricamente perfectas. Y bajo esas pirámides permanecían enterrados vivos.

»Unos campesinos llegaron a dar con las princesas transparentes siguiendo los hilos dorados, rojos, castaños o negros de sus cabellos, que flotaban en el aire durante leguas y leguas. En un claro del bosque lleno de helechos, las descubrieron, con sus uñas larguísimas enredándose entre los arbustos y las lianas. Solamente las vírgenes podían tocarlas, pues su helada piel abrasaba para el resto de los mortales, que ardían como una tea con sólo rozarlas. Y las vírgenes se encargaban de vestirlas, de peinar sus largos cabellos y de cortarles las uñas, y esas vírgenes conocían los secretos de las muchachas transparentes, que les susurraban al oído verdades llameantes. Por eso las cuidaban con tanto mimo, porque sabían que una noche de luna llena las doncellas transparentes resucitarían y guiarían, a través de la noche ardiente, a todas las hijas de la noche en llamas...

Ésa fue la última historia que nos contó. Recuerdo que me dormí y que cuando me desperté vi a Sara y a Ismael junto a la hoguera. Se hallaban fundidos en un abrazo profundo, de una desconcertante ternura, y no sé por qué en un primer momento me parecieron dos mujeres. Seguían abrazados cuando vi una culebra verde que se deslizaba por la hierba y se sumergía en el agua.

Ésas son las imágenes que más arden en mi memoria de Sara e Ismael, y ésas las últimas horas que pasaron junto a nosotras. Después empezó todo, o acabó, según se mire. Una noche, Abram (el que Sara conoció y yo conocí) llegó a casa muy borracho, entró en mi habitación y se puso a llorar sobre mí. Parecía más perdido que nunca. Le dije que se fuera a su cuarto. Aprovechando el sueño invulnerable de nuestra madre, y animado por el alcohol, me dio dos besos apasionados y me dijo que pensaba mucho en mí y que yo iba a ser su nueva perdición, su nuevo calvario en este valle de lágrimas y de deseos cada vez más dolorosos, cada vez más fundamentales. Cinco días después, unos obreros descubrían su cuerpo carbonizado y avisaban a la policía.

Al parecer llevaba más de dos días corrompiéndose al sol y ya empezaba a oler mal.

Papá se había creído el centro del mundo y ahora el mundo pasaba de largo, no le importaba a nadie.

Papá, tan pulcro con su higiene, tan minucioso, tan maniático, perfumándose para sus putillas, apestaba en su última cita, y mamá, acostumbrada a sus infidelidades, no sospechó nada hasta que dos policías vinieron a visitarla.

Yo me había escondido tras la escalera cuando la vi desplomarse sobre la alfombra del recibidor, presintiendo que aquellos mensajeros acababan de abrir la tapa de una caja de truenos.

La siguiente primavera nos trajo la muerte de Sara, y volví a sentir que mis pasos bordeaban la ladera de un extraño precipicio... Y en verano la siguió Lilith.

Siempre me he sentido responsable de la muerte de Lilith, siempre me he sentido culpable de todo.

Unos días antes de su muerte me despertaron sus gritos. Salí de mi cuarto para ver qué sucedía y la vi corriendo por toda la casa, como si la hubiera asaltado un espíritu maligno. Su camisón estaba manchado de sangre a la altura del sexo, y también sus manos. Y cuando nuestra madre y la criada consiguieron atraparla, ella las miró aterrorizada, como si fueran a sacrificarla.

Siempre le pasaba lo mismo cuando le llegaba la

menstruación, y por su culpa ahora relaciono siempre mi regla con sus gritos.

Quince días después, cuando sacaron su cuerpo del agua, parecido al de las doncellas transparentes de la fábula, creí que caía a un pozo sin fondo y noté que mi sexo empezaba a sangrar por primera vez.

4

PASA UN TREN ARDIENDO

En los días que sucedieron a la muerte de Lilith, mi madre y yo parecíamos dos fantasmas deambulando por la casa de la muerte. Recorríamos los pasillos, el jardín que daba al río, la alameda, y a veces nos íbamos de noche hasta el puente colgante. Seguro que parecíamos dos fantasmas ambulantes, pero en realidad éramos dos condenadas vampiras, hartas de muerte y hartas de nosotras mismas.

Nunca conocí a mi madre como entonces, nunca la odié y me odió como entonces. Ella no parecía una hija de la noche en llamas. Ella había sido siempre una traidora, ella...

En algún aspecto era un ser sin conciencia, una zombi. En algún aspecto vivía fuera de su piel y a la vez pendiente más que nadie de su piel, de la lisura de su piel, como si la piel fuera el único lugar en el que se cebase la vejez y se hiciera visible la muerte. Pobre mujer.

Había permanecido años y años ignorándolo todo, hasta lo más evidente, hasta lo más clamoroso. Y como ése parecía ser su destino superó pronto el aislamiento y cayó en los brazos del ginecólogo de la familia, un amigo de papá con el que intimó tras su muerte, y con el que planeaba casarse.

En lo que a mí se refiere, dejé de ver a la gente y me refugié en mí misma. Podía pasar tardes enteras en el río, sintiendo en mis piernas el roce escurridizo y pegajoso de las algas y creyendo que eran las manos de Lilith y de Sara que me agarraban los tobillos.

Confieso que al principio me asustaban las presencias fantasmales de mis hermanas, pero a medida que me fui acostumbrando a mi nuevo estado, era la compañía de los seres vivos la que me aterraba.

A veces imaginaba que surgían incorruptas de sus tumbas y como las muchachas transparentes, llegaban levitando hasta mi cama mientras yo escuchaba el sonido de mis propios huesos alargándose y aprendía a reconocer el constante dolor del crecimiento...

—¡Eres idéntica a Sara!... —era el insulto preferido de mi madre cuando me descubría escribiendo mis primeros versos.

—¡Cada vez te pareces más a Lilith! —era el reproche que estaba en boca de todos cuando respondía con monosílabos a sus estúpidas preguntas.

Y lo cierto es que no podía negarlo porque yo aspiraba a ser como ellas, a merecerlas en este o en el otro lado. No quería ser de carne como mis amigas...

Me exigía demasiado a mí misma y mis hábitos empezaron a asemejarse a los de una anoréxica. Deseaba ser sólo esencia, aire, nada, y ni siquiera comía lo indispensable, dedicando varias horas diarias a ensayar la tabla de gimnasia rítmica de la escuela.

Quería mantener mi cuerpo a raya, dominarlo, apresarlo, retenerlo en el tiempo, y empecé a padecer alucinaciones.

Chicas fantasmales que salían desnudas de automóviles fantasmales en horas fantasmales que parecían de 1930 mostraban la pureza de las líneas, donde apenas sobresalían los rosados pezones. Hacían equilibrios sobre la línea del agua, como si pesaran menos que el aire, y ejecutaban saltos acrobáticos en el vacío sin que la fuerza de la gravedad las afectase.

Y yo, que me sentía tan torpe, tan sucia, tan limitada, maldecía sus apariciones y me preguntaba si no estaría perdiéndome en un mundo sin peso y sin contenido.

En un mundo sin peso y sin contenido o en un mundo de fuego veloz y atronador, como el del tren en llamas que había empezado a ver en sueños. Y era siempre el mismo tren. Todos sus vagones iban envueltos en llamas. Yo iba en el último vagón, desesperada, como los otros viajeros, hasta que el tren cruzaba un puente sobre un río. Cuando ya mis vestidos estaban ardiendo me arrojaba al agua y despertaba.

5

REPULSIÓN

Y ocurrió que en ese laberinto de imágenes cada vez más líquidas apareció Gabriel, que estaba estudiando en Madrid y que algunos fines de semana cambiaba la casa del jardinero por la caseta del embarcadero y sustituía a José, el barquero de los turistas, haciendo a su vez de barquero.

Desde mi ventana lo espiaba cuando se tendía junto a la caseta. Y cuando hundía el azadón en la tierra, o remaba, o se secaba el sudor de la frente, o respiraba simplemente, yo me sentía dueña de todo su ser, y estaba segura de que podía poseerlo, y que tan sólo bastaría con aproximarme una noche a él.

Era una presa delicada y fácil para la araña vitalista que había ido creciendo en mi mente gracias precisamente a su aparición, y dejé de soñar en mujeres fantasmales y en hermanas ahogadas y en algas resbaladizas.

Me gustaba hablarle cuando estaba de espaldas y la distancia le impedía escucharme. Una plomiza tarde de otoño, mientras contemplaba su espalda desnuda y sus brazos sosteniendo el manillar de una carretilla, le susurré:

—Mírame, escúchame, háblame... Me perteneces... Tócame, ampárame... Me estoy cayendo.

Gabriel se detuvo de repente y, en el instante mismo en que se giró para mirarme, pude leer claramente mi nombre en sus labios.

Por primera vez sentía la dentellada del deseo en las entrañas y me sentía fuera de mi piel. Una noche de febrero sin luna y sin estrellas, me desperté más sola y más aterrorizada que nunca, poseída por un malestar desconocido.

Salté de la cama con la intención de dirigirme a la caseta del embarcadero, abrí la puerta de la casa y el frío penetró como un montón de alfileres incandescentemente gélidos. Y de pronto creí oír los gemidos de mis hermanas muertas llegando desde las moradas más frías de la noche.

El cielo era de un violeta profundo, a intervalos agitado por nubarrones de cinabrio y aluminio. Los árboles parecían descomunales fisonomías de fantasmas muertos, petrificados, reflejándose sobre la tinta china del río. El espacio que me rodeaba resultaba tan enrarecido que hasta tuve el presentimiento de que todo aquel que se atreviese a cruzarlo se perdería para siempre.

Pero yo me acerqué a la caseta. Volví a oír los gemidos y me aproximé a la ventana. A la luz de una vela de llama indecisa dos cuerpos desnudos se acoplaban.

Mis ojos se perdieron en el cuerpo masculino que se retorcía convulsivamente. Se trataba de una espalda dura, tensa, la espalda del hombre que yo buscaba...

Escuché sus jadeos, que se oían más que el rumor del agua, y escapé a toda prisa, bordeando la orilla, hasta llegar al puente oscilante.

Ahora era el retumbar de mi respiración lo que me acosaba. El puente tembló cuando me adentré en él y, asustada, me detuve en el centro.

Miré hacia abajo. Mi cara se reflejaba en el agua como en un espejo negro, y me quedé hipnotizada, contemplando mi propio rostro, que se desfiguraba con la corriente y que con la corriente se volvía a configurar.

6

PRECIPITACIÓN

Sigo mirando al agua y empiezo a identificarme con la muerte. La llevo dentro, como todos, sólo que ahora tengo la seguridad de que mis segundos están contados: los estoy contando mientras los demás descansan enganchados a los más absurdos hábitos y a todo tipo de trampas para no enfrentarse a la verdad. Por ejemplo, nunca he comprendido por qué los años no se cuentan al revés, y en cada cumpleaños, en vez de decir tengo dieciséis años de vida, no decimos tengo dieciséis menos.

Mi mirada sigue fija en el agua. Mi cara no se diferencia del resto de las caras, salvo en que lleva la muerte impresa.

«Sara... Sara...» Sólo repetir su nombre me hace desear la vida, y a la vez me hace desear la muerte. ¡Ah!, si una pudiera quedarse a vivir en una época vivida y repetir aquellas secuencias pasadas, aquellas miradas, aquellos encuentros, una y otra vez por los siglos de los siglos, yo elegiría el breve espacio de tiempo en que mi existencia se cruzó con ella. Y lo que para otra podría ser un castigo divino, una condena eterna, para mí sería la gloria, una bendición.

Si una pudiera elegir, pensé, no dudaría en renegar de todo mi pasado y negar otros futuros con tal de seguir a su lado. Volver a verla..., poder tocarla... Y qué cierto es que lo dulce es lo que más duele... Qué calvario no tenerla conmigo en ese futuro inconcreto y abstracto en el que quedaré flotando, esperando a que se acabe el ciclo y el círculo se cierre y empiece en otra eternidad esta historia, la única que realmente viví, vivo y viviré. Sara, mi aparecida, mi resurrección cuando ya era una hija de la muerte, danzando en la cuerda floja de la tristeza, una cuerda sujeta a mi desolación y la de Lilith...

«Ah, Sara, mi virgen ultrajada... Tardé en conocerte... Tú estabas en un lugar que yo desconocía, yo no pude impedir que te violaran y que te ofrecieras a otros... ¿Por qué no pudiste ser mía entonces?

»¡Qué tormento hablar de ti!... Indagar en el camino del pasado y andar por él, siguiendo fielmente la línea blanca ya trazada por otro para hacer el mismo recorrido (ya ni siquiera mentalmente), que yo tanto deseo hacer a tu lado...

»Y me sigo preguntando... ¿Es que acaso una leve porción de espacio, una ínfima fracción de tiempo, tiene más peso en la balanza donde se concede cada destino? Y si es así... ¡qué injusto resulta!, sí, pero más cruel sería estar condenada a... nada, y acabar olvidándolo todo.

»Y sin embargo, ahora que casi no tengo vida, rememorar aquellos paseos que dimos juntas, para poder deleitarme con cada uno de sus pasos, es ya mi único consuelo. ¡Qué trampa tan maquiavélica para todos los desesperados!

»Sara, Sara... Puedo estar equivocada y, aunque nada pueda aterrarme más, quizá después de la muerte sólo hay más muerte, y más y más muerte, hasta que la conciencia se desvanece en la niebla y desaparece en la nada, para ni siquiera ser niebla, para ni siquiera ser nada... Si así fuera, Sara, ¿no estaría cometiendo un delito imperdonable? ¿No estaría traicionando definitivamente tu memoria? ¡Contesta! ¡Contesta!, grité para mis adentros antes de cerrar los ojos y arrojarme al agua.»

7

SU VOZ DESDE LA OTRA ORILLA

No voy a mentir... Bajo el agua todo era silencio, sólo silencio y oscuridad, y no veía a mis hermanas. Tan sólo me veía a mí misma, en mi absoluta soledad, antes de abandonarme a la inconsciencia. Hasta que sentí que una fuerza me empujaba hacia arriba. Después creí notar la respiración de Gabriel, que se había arrodillado sobre mí e intentaba reanimarme.

No le perdonaba su traición, pero mi rostro recibía agradecido las gotas de agua que caían del suyo, atándome a la vida.

Y después pude oír sus gritos reclamando ayuda y la sirena de la ambulancia y las preguntas de la policía y el frenético vaivén de la camilla y los comentarios de los doctores en la UVI. Podía oírlos y podía verlos..., a todos y a todas. A los que se pueden ver y se pueden oír y a los que no se pueden ni ver ni oír.

Y me quedé durante un tiempo en esa zona de nadie, donde todo está permitido. Allí se es Dios, uno puede morir y nacer muchas veces. Batir las alas y volar como una águila. Esperar hasta el último momento a ser engullidos por el pantano y a que te devoren las fieras. Averiguar si el asesino es capaz de cometer su crimen y llevar ese vértigo hasta el final.

Y cuando deseas que todo se esfume, basta con mover ligeramente los párpados para escapar de tu pesadilla.

El agua helada del río, y todo el tiempo que había permanecido sumergida, fueron la causa de mi coma, según el diagnóstico médico.

Pero la otra causa, la esencial, era que yo no quería despertarme porque en el fondo estaba tan a gusto como un feto en el seno de su madre.

Era como si aún no hubiese salido del río. Mentalmente eso era lo que me estaba sucediendo... Aún no me habían sacado del agua fría y tranquila.

Y mientras me deslizaba por las aguas azulísimas de una interminable laguna Estigia o me precipitaba por una catarata dorada con Lilith sentía y oía a cuantas personas venían a visitarme.

Y mientras volvía a viajar con Sara e Ismael por carreteras que ya nunca volveré a ver, de tan solitarias y brumosas, escuchaba las conversaciones de mi madre con su amante:

—Ya has oído al médico, y yo soy de su misma opinión... Ha pasado demasiado tiempo y las posibilidades de que vuelva en sí son prácticamente nulas... Es mejor que tomes una decisión.

—¿Qué decisión?

—La de que tenga una muerte digna... No, no te asustes, ahora es una muerta viviente, mantenida artificialmente. Dale la oportunidad de salir de esta muerte en vida...

—Pero es mi hija, y ahora es... mi única hija.

—Ahora no es nadie, no es nada, no siente. Ni vive ni deja vivir, pero... todavía puedes tener un hijo...

—Seguramente tienes razón.

Ellos se iban y llegaba Gabriel, que ya había concluido sus estudios y acababan de contratarlo como asistente nocturno del hospital al que él mismo me había conducido.

Gabriel, que finalmente parecía loco por mí, solía llamarme la Bella Durmiente, y confieso que me emocionaba su forma de tratarme, como si supiera que, aunque había perdido el sentido, yo seguía estando allí, de otra forma, pero seguía estando.

Y me gustaba que me hablara y me tocara como a una viviente completa. Proceder en el que demostraba ser más inteligente que las otras personas que me atendían.

Él era el encargado de cortarme las uñas, de cepillar mis cabellos. Y fue él quien me regaló la cruz griega que llevaré siempre entre los senos.

Poco a poco, aquellos tocamientos se fueron convirtiendo en caricias de enamorado, y las caricias en besos largos como túneles de un afecto infinito que no necesitaba las palabras, que las rechazaba.

Y cuando me lavaba se demoraba en los lugares más queridos para el deseo. Temblaba su mano cuando me rozaba el sexo y yo, yo temblaba todavía más, temblaba sin movimiento, temblaba como tiemblan, al fondo del cerebro, los pensamientos.

A veces me daba a beber de su saliva y mi sed, mi verdadera sed, casi se saciaba. Otras veces soplaba en mi rostro, como Dios cuando sopló el barro, pero yo seguía paralizada. Y mientras me chupaba el lóbulo de la oreja solía susurrar:

—Mi Bella Durmiente... Perdóname si te traicioné aquella noche con una mujer a la que acababa de conocer, perdóname... Yo no sabía que... Bueno, todavía no lo sé... Y ya fue casualidad que cuando acabábamos de hacer el amor me diera por salir de la caseta para fumar un cigarrillo... Pero es que aquellos pasos que llegaban a mí desde el fondo del jardín me hicieron temer lo peor... Entonces fue cuando te descubrí en el puente... Perdóname, todas las mujeres están muertas; tú eres la única viva, y tu sueño es más real que el sueño de la muerte porque está más allá que ese sueño. El mundo está sucio y todos se han corrompido menos tú... Tu silencio es la prueba de tu pureza... No hay nada más elocuente para mí que tu silencio. A veces estoy harto de todo y quiero morir... Pero entonces recuerdo que te veré, como todas las noches, y me tranquilizo...

El eco de su voz, llegando desde la otra orilla, resonaba en mi conciencia como una plegaria mientras acariciaba mi pecho. Pero yo todavía no podía contestarle, aunque lo deseara con todas mis fuerzas. Como Lilith, ni podía decir sí ni podía decir no a todo el amor que me estaban ofreciendo.

8

POSESIÓN

Ante el desalentador diagnóstico sobre mi estado, mi madre decidió que el 25 de julio, fecha de mi aniversario, se me desconectaría de los tubos que me mantenían atada artificialmente a la vida. Gabriel lo sabía y estaba furioso.

—No permitiré que te maten... No lo permitiré. ¡Miserables! Te juro, Eva, que soy capaz de matarlos... —susurró.

Gimiendo como nunca le había oído gemir, se acostó a mi lado y empezó a decir:

—Despierta, Eva... No permitas que te tome, Dios, no lo permitas... Como no despiertes te tomaré, sé que lo haré. Lo llevo deseando desde que te conozco. Eres una muñeca, eres mi muñeca...

Me roció de besos todo el cuerpo, llenó de rumores deliciosos mis oídos, y yo comencé a estremecerme... Eso creí. Sí, yo sentía escalofríos, pero lo cierto era que mi cuerpo no se agitaba, sólo se agitaba mi imaginación...

Intentaba salir del coma, creía que finalmente podía, pero una especie de muralla de niebla se derrumbaba sobre mi conciencia y volvía hacia atrás, hacia el agua fría.

Tras esa noche, Gabriel cogió el hábito de acostarse conmigo todas las noches. Se tendía junto a mí, frotaba su rostro contra el mío, comprimía su vientre contra mi vientre, sus muslos contra mis muslos, sus manos contra mis manos. Y los poros de su piel parecían fundir sus bocas con las bocas de mis poros, y sus palabras se precipitaban en el agujero negro de mi mudez.

Quedaban ya sólo cinco días para que me desconectaran cuando ocurrió el accidente de tráfico en el que murieron mi madre y su amante. Un inexplicable fallo en los frenos en uno de los lugares más peligrosos de la autovía del Norte los precipitó contra un muro de contención y más tarde contra un pilón de granito que se hallaba junto al río, y más tarde contra el agua sucia.

Desde mi coma escuché la noticia en voz de Gabriel, que hablaba con uno de los médicos. Esa noche me pidió perdón y desde mi silencio se lo concedí y sentí cómo temblaba de amor y fiebre. Gabriel suplicaba que me despertase mientras se agitaba sobre mí. Y cuando consiguió desgarrar mi himen, la membrana de mi más fría soledad, exhalé un hondo suspiro por sentirme él, por sentirme yo, por sentirme otra, al fin, y empecé a moverme...

Gabriel se quedó rígido. Había deseado tanto aquel momento que ahora no podía creerlo y debió de pensar que se estaba volviendo loco.

Salvajemente se separó de mí como árbol arrancado de la tierra por un vendaval, salvajemente se quedó sin raíces y empezó a jadear. Fue algo parecido a un parto, fue como un desgarrón.

9

REGRESO AL TREN ARDIENDO

Noté cómo limpiaba mi sangre con tembloroso mimo, noté cómo volvía cada vez más a la vida, noté cómo lo amaba. Pero no mucho después sobrevino la confusión y creí que volvía al coma. Yo seguía con los ojos cerrados, pero respirando como una viviente completa, de pulmones sanos, y a mi alrededor flotaban muchas voces, demasiadas. Más de veinte personas del hospital se habían congregado en mi cuarto y discutían mientras el médico jefe me tomaba el pulso una y otra vez.

—Ha resucitado.

—¿Cómo?

—Esto es muy extraño, esto no es posible. Eva, ¿me escuchas? Eva, ¿nos puedes oír?...

—No contesta...

—No contesta, pero puede moverse ligeramente...

—Rápido, al quirófano. Creo que podemos reanimarla por completo...

—Eva, ¿nos puedes oír?

Aquella pesadilla desapareció cuando perdí la conciencia. Al día siguiente la volví a recuperar. Entonces abrí los ojos y me vi en un cuarto de paredes azuladas cuya ventana daba al jardín del hospital. Por primera vez en mucho tiempo noté el rumor de la sangre en mi cuerpo. Finalmente había salido del agua y empecé a llorar como una recién nacida. A mi lado se hallaban dos doctores y una doctora, pero no estaba Gabriel.

Pasé todo el día llorando de rabia y felicidad. ¿Y si todo había sido un sueño? ¿Y si Gabriel desaparecía para siempre? ¿Y si Gabriel se volvía loco? ¿Y si yo me volvía loca? ¿De qué serviría mi reingreso en la vida? Y, además, ¿en qué vida iba a reingresar, en qué maldita vida si me faltaba lo único que de ningún modo me podía faltar?

Era como sentirse de nuevo en aquel tren ardiendo de mis pesadillas, era el infierno. Deseaba volver al coma cuando, a las tres de la mañana, irrumpió en mi cuarto Gabriel. Parecía muy abatido, pero no me moví. Deseaba comerlo a besos, ahogarlo con mis abrazos, pero ni siquiera moví los párpados, temerosa de que huyera una vez más de mí.

Tras jadear levemente se inclinó ante mí y olió mis cabellos, los cabellos que él había peinado tantas noches. Casi rozándome con sus labios se arrodilló junto a la cama, me cogió una mano y empezó a decir:

—Sé que me puedes oír; sé que sabes todo lo que

tienes que saber, lo sé... Han pasado demasiadas cosas y ahora debo irme, en contra de mi voluntad... Están celosos de mí, y quieren hacer creer que te han resucitado ellos, y me acaban de trasladar de hospital... Ahora yo también estoy celoso, muy celoso... Cuando te den el alta te buscaré... Espérame donde ya sabes, Eva. Espérame...

10

PLENITUDES DEL SILENCIO

El día en que salí del hospital en la calle olía a verano. Mientras el coche me conducía hasta Aranjuez, donde me esperaban mi casa y María, la niñera que me había criado, me sentí las tres hermanas a la vez, como si llevara dentro de mí toda la memoria de las vidas y las muertes de Sara y Lilith, pero ya no me asusté. Acepté toda la profundidad de sus memorias, todo el silencio.

Entonces supe que el pasado no había muerto, sólo se había trasladado a otra parte. Los recuerdos no se veían, pero seguían vivos. Permanecían allí, en el mismo lugar en que los había dejado, pero en la dimensión en la que todavía no estaba.

Flotaban como humo transparente por las estancias del pasado o permanecían inmóviles, convertidos en polvo sobre el piano o la cómoda. O impregnando de rocío la hierba del jardín donde... (permitidme que guarde para mí ese detalle)...

Flotaban las palabras que se dijeron y también las

que nunca habían sido dichas. Flotaban los pensamientos y los mismos sentimientos. Algunos se esfumaban sin dejar rastro; era muy difícil seguir su pista, pero seguro que estaban ocultos en algún lugar que desconocía.

A veces eran cortantes, como corrientes de aire glaciar, herían... Otras eran cálidos como los rayos del sol de abril... A veces quemaban... Otras tardaba en reconocerlos, aunque me pertenecieran, y entonces me daba cuenta de lo distorsionante que es la memoria.

Volví a la casa de mi infancia, volví a la casa de Aranjuez, que mi madre había intentado vender en vano.

Siempre seguiría allí la casa del río, la casa de las doncellas transparentes, la casa de la vida y de la muerte.

Antes de atravesar el umbral de la puerta de mi pasado, cerré los ojos y me tapé los oídos durante unos instantes para poder ver y oír con la piel. Y una vez dentro empecé a recorrerla como si circulara por mi memoria.

Me asomé a la ventana de mi habitación y contemplé el sauce bajo el que Lilith se pasaba horas sentada en cuclillas, meciéndose mecánicamente hacia adelante y hacia atrás, como si se acunase. Y contemplé el montículo sobre el que Sara había bailado para mí, para todos, el día de mi cumpleaños. Y contemplé el río, nuestro río... De todas formas, mis hermanas están en el agua, pensé antes de cruzar la verja de entrada y girarme para comprobar cómo las ortigas se estaban apoderando del jardín.

Fue entonces cuando salió a recibirme María y nos dimos un abrazo y nos pusimos a llorar como dos benditas.

Esa misma tarde me armé de valor y me fui dando un paseo hasta el cementerio. Ya junto al panteón, leí el nombre de mi madre y me acordé de ella.

Sé lo mucho que te aterraba estar sola, le dije, por eso te perdono, sólo por eso. Después leí los nombres de mis hermanas. Ni sentí angustia ni sentí dolor... Allí estaban sus nombres, sólo sus nombres, pero allí no estaban sus susurros, su aliento... Allí ni siquiera estaba su mudez. Igual entre los árboles, o en la misma atmósfera saturada de humedad, o en la niebla que llegaba desde el río podía todavía persistir su recuerdo y hasta su mismo sufrimiento, pero no debajo de la tierra, bajo las losas frías...

Desde mi resurrección había dejado de oír voces y de tener alucinaciones, y lamenté que Sara y Lilith empezasen a estar tan lejos. Aunque, de pronto, también estaban muy cerca, justamente porque el pasado ya pertenecía a la misma dimensión que lo soñado y que lo inventado, y yo siempre había estado muy cerca de mis sueños, casi dentro de ellos.

Estaba próximo el atardecer cuando regresé a casa. Para mi sorpresa, noté la casa despojada de fantasmas. Era una casa habitada tan sólo por el silencio. Un silencio que la llenaba mejor que las personas, un silencio que la colmaba.

El silencio se fue haciendo cada vez más hondo, y cuando ya su hondura me resultaba insoportable volví a escuchar las voces de Sara, Lilith e Ismael con la misma nitidez y la misma tranquilidad con que las escuchaba en el coma. Entonces corrí hasta mi cuarto como una sonámbula y, como una sonámbula, empecé a escribir las memorias de Ismael y de mis hermanas.

Permanecí escribiendo varias horas, con los ojos fijos en el papel, y después salí al jardín.

Entonces pensé: Tengo los ojos castaños y mis cabellos son trigueños como los de casi todas. Sé que no soy gran cosa, que no soy nada especial, pero he sobrevivido.

Nací bajo el fantasma de Sara y a la sombra de Lilith, y aunque mi padre se enorgullecía de mí sé que era mi mediocridad lo que de verdad le gustaba. Y aunque mi madre procuraba vestirme de forma, digámoslo así, distinguida, yo conocía mis limitaciones. Siempre me sentí aniquilada entre mis dos hermanas furiosas. Y sin embargo sólo yo sigo aquí, amándolas pero aquí, recordándolas pero desde aquí. Tuve el coraje de regresar y por eso ahora me empieza a gustar ser quien soy... ya sólo falta que llegue él para que la vida se enamore de mí.

Estoy viva porque quiero, y estuve muerta porque quise, porque amo y porque amé.

Presa de una ansiedad que no tenía nada que ver con la angustia, bajé a la bodega y aún encontré una botella de champán. La cogí y volví al jardín. Sobre la mesa de hierro que se hallaba bajo la acacia había una copa de cristal que parecía recién usada.

Me senté, y esperé.

11

EL DESEADO

Llevo más de una hora esperando cuando aparece junto al embarcadero. Sabía que iba a venir, lo sabía, pero eso no impide que me estremezca al verlo.

Sin girar la cabeza hacia mí, que permanezco casi oculta tras el árbol, se queda mirando al agua. No lo llamo y sigo sentada.

De pronto no tengo prisa, de pronto la vida se deja vivir mientras lo observo y escucho el estruendo de los vencejos. Mi vida y mi muerte, y la vida y la muerte de mis hermanas, están tatuadas en esa espalda...

Finalmente se da la vuelta y, al descubrirme, tiembla visiblemente.

Entonces se va acercando desde el embarcadero con paso firme.

Mi amor dulce y amargo ya está traspasando el umbral de la vieja puerta de hierro...

Y sé que algún día envidiaré este día y no otro. Sé que tarde o temprano desearé volver a este mismo momento, pero no podré.

Y sé también que pasaremos muchas noches en vela hablando de este glorioso anochecer.

Acaba de entrar en el jardín y ya sólo está a unos pasos de mí mi obsesión.

Sus ojos parecen húmedos, sus ojos son ternura y deseo, pero no sabe lo que estoy pensando ni lo que estoy tramando. Él todavía no sabe lo que yo sé.

Y tampoco sabe que pronto será tarde para él, que ya no habrá salida para él. Podrá huir por la puerta pero nunca podrá escapar de mi vida.

Dentro de unos segundos ya no podrá echarse atrás, no, tampoco él podrá regresar a otro tiempo y...

Inocente, ya está midiendo sus últimos pasos, antes de besarme. O quizá sí lo sabe, y por eso desvía la vista, y por eso le tiembla el pulso, y por eso duda.

Verás, verás, hombre de ojos oscuros que ya posees todos mis sueños, verás, verás, chico cálido y vibrante de las cálidas y vibrantes riberas de mi conciencia, verás, verás... Primero me llamarás por mi nombre, eso es lo primero que vas a hacer. Eva..., susurrarás, Eva... y nada impedirá que te oiga, porque tu boca estará tan cerca de la mía que podré respirar tu aliento.

Pero antes de que cualquier palabra pueda comprometerte, te advertiré que las personas que hemos estado muertas podemos ser peligrosas porque hemos enterrado con nuestra muerte el miedo, pero también tenemos cierto sentido del humor...

Y se nublarán nuestros ojos y brindaremos como dos viejos amantes. Y reiré, y no sabrás por qué río, y no podré dejar de reír, y mi risa se te contagiará, y reiremos juntos, y los niños que juegan en el embarcadero nos mirarán como si hubiésemos perdido la razón.

Eso es lo que vas a hacer, exactamente eso es lo que haremos, y ahora que me estás dedicando tu generosa sonrisa, puedo adivinar que después me mirarás de otra forma, y que te atreverás a confesarme lo inconfesable, lo que pretendías ocultarte a ti mismo, lo que hasta ahora mismo yo había sido incapaz de predecir, lo que me es imposible revelar, lo que debe ser sellado, la sustancia misma de nuestro pacto, el corazón de nuestro secreto.

Eso es lo que me dirás exactamente, eso vas a decirme, y yo lamentaré no poseer la belleza de Sara que tanto deseaste ni la singularidad de Lilith que tanto te inquietaba. Y morderé tus labios con los dientes para que no huyan tus besos, para que no huyan tus labios, que pronto dejarán de ser tuyos. Y tratarás de hacerme callar sellando mi boca con tus dedos, intuyendo que estoy a punto de pronunciar la frase definitiva.

Y yo tentada estaré de besar tus manos, de saborear tus dedos, que ya son míos.

He permanecido demasiado tiempo callada y nada ni nadie podrá silenciarme, tampoco tu sabrosa boca en mi boca.

«Que no hable, que no siga hablando», rezarás para ti, sólo para ti, pero yo adivinaré lo que estás pensando porque sé que ahora mismo ya me amas sin remisión. Y me vas a reclamar la vida, y me vas a decir que te la debo, que te pertenece.

Y yo no regatearé, no opondré más resistencia que la de tragar saliva, y empezaré a contar, cronometrando los últimos segundos que te quedan, tu último aliento, tu última voluntad, sabiendo lo que está a punto de ser consumado, viendo ya en tus ojos negros los negros ojos de mi hija. Y mientras te miro, yo, Eva, que he seguido el rastro de mis hermanas sabias, que sin embargo estoy viva, morderé tu boca, recordando las últimas palabras de Lilith, que son mis palabras, que fueron siempre mis palabras.

12

REVERBERACIÓN

Al mirar hacia el fondo de sus ojos siento que me contemplo en un espejo y me da miedo lo que veo (como a las vírgenes de las que hablaba Sara, como las vírgenes del espejo), y me da miedo arrastrarlo conmigo hacia el doble pozo que forman mis ojos y los suyos.

Nos besamos con precipitación, estrellando nuestros labios ciegamente. Picotazos contra nuestras mejillas, contra nuestros párpados, contra nuestras barbillas, contra nuestros cuellos... Y a veces nuestras bocas chocan en un punto y se detienen con un prolongado beso. De pronto creo sentir el mundo como una pecera, de pronto me siento Lilith.

Después desabrocho, uno a uno, cada botón de su camisa, muy despacio, mientras voy sellando con un beso cada centímetro de la piel descubierta.

Me bajo el vestido y empiezo a frotar su piel contra mi piel. Como un gato voy rodeando su torso, restregándolo con su desnudez, mientras le digo:

—Tenías que haberme conocido mucho antes, siglos antes. No, miento, miento...

Sigue girando alrededor de mi espalda y de mi cuerpo, y yo me dejo hacer, me dejo hacer, hasta que no puedo contenerme y lo apreso con las manos. Después caemos juntos, rodando sobre la hierba caliente, fundiéndonos como lava.

Si hasta las piedras retienen todas las impresiones que han recibido, si nuestros huesos y nuestros centros nerviosos tienen esparcida su propia memoria por todo nuestro cuerpo, ¿cómo olvidar aquella primera noche de amor fuera del hospital? Era todo él un sagrario de amor, un cáliz de afecto esperando ser consumido. Temblaba su vino en mi copa con la sola vibración de mi aliento y se tornaba puro deseo con el roce de mis labios. Fuimos luz y tiniebla y chocamos una vez, y esa secuencia en que nuestras conciencias se tocaron fue como una dolorosa, placentera, instantánea sacudida.

Y permanecimos abrazados toda la noche... Él quería estar en mi piel y yo en la de él. Un hombre y una mujer, enlazados en un abrazo, son uno y legión: cien locos abrazados.

Cerré los ojos y juré no volver a separarme de él nunca más. Y era como si la temperatura de nuestras pieles fundiera la materia de nuestros cuerpos en uno solo.

Ella es una mujer que sabe amar, pensé sintiéndome Sara. Ella ha amado mucho. Y él acercó su jugosa boca a mis labios como si fuera a besarlos.

Yo dejé que los besara, dejé que los besara y... me mordió. Entonces lo empujé con violencia. Se quedó inmóvil. No podía resistirme, no... Me acerqué. Me acerqué para comerlo. Evolucionando entre un alud de sentimientos contrariados no pude evitar el llanto. Quería purificarlo con mis lágrimas, poseerlo con mis lágrimas, quería ungirlo... Porque yo sé amar, pensé, porque yo sé amar mucho...

Lloramos y temblamos juntos, de amor, de dicha, de miedo y de desconcierto... Por lo que fuimos, por lo que seríamos, por lo que íbamos a ser...

De pronto creí que volvía a ver el tren ardiendo. Empecé a temblar y me apreté a él.

—¡No, no! —grité.

—¿Qué te ocurre?

Besé sus labios y le dije:

—Nada, no me ocurre nada... Ha sido como una pesadilla, pero ya ha pasado...

Me besó de nuevo y no tardé en quedarme dormida.

ÍNDICE